Le Décroche-Cœur

Le Décroche-cœur
Par Claude Painchaud

© Copyright 1994 Les Presses d'Amérique
Une division de l'Agence littéraire d'Amérique
50, rue St-Paul Ouest, bureau 100
Montréal (Québec) H2Y 1Y8
Téléphone: (514) 847-1953
Télécopieur: (514) 847-1647

Conception de la page couverture:
Impact Marketing

Composition et montage:
Publinnovation enr.

Correction d'épreuves:
Hélène Dubé
Brigitte Beaudry

Distribution exclusive:
Québec Livres
2185, Autoroute des Laurentides
Laval (Québec)
H7S 1Z6

Dépôt légal: 4e trimestre 1994

ISBN: 2-921378-52-3

Claude Painchaud

Le Décroche-Cœur

LES PRESSES D'AMÉRIQUE

Mes chers enfants, Jean, Guy et Hélène,
je vous offre ce livre,
la réalisation d'un rêve.

Merci d'être et d'être chacun ce que vous êtes.

CHAPITRE 1

Ah, la vache ! Me faire ça aujourd'hui, en plein milieu de la journée, alors que je suis littéralement ensevelie sous le travail. C'est vrai que c'est tout à fait son genre. Et puis non, c'est impossible. Elle est capable d'aller loin, très loin même, mais quand même pas jusque là! Ce serait pour elle une défaite trop humiliante.

La pauvre aura eu une distraction, très certainement, une lamentable distraction dont elle ne se remettra pas de sitôt.

Entre deux rendez-vous, le téléphone avait sonné. Bernadette avait décroché le récepteur, écouté attentivement, puis raccroché sans un mot. Une voix blanche lui avait annoncé que sa mère avait rendu l'âme un peu plus tôt et, qu'ironie du sort, elle était décédée au beau milieu d'une partie de bridge, la seule activité où elle était encore combative.

Quel paradoxe! Tout comme sa vie d'ailleurs! Curieusement, la mort en avait été le moteur, sa nourriture, sa défense, sa force et sa faiblesse.

A l'annonce de ce décès subit, Bernadette était pétrifiée. Elle ne pouvait croire au départ définitif de sa mère. Cela lui semblait en effet impossible que cette femme se soit enfin rendue, qu'elle ait capitulé définitivement.

Pour sa mère, la mort avait été le projet de sa vie, voire son essence même. Une lutte à finir contre la bête sournoise et terrifiante qui pouvait à tout moment vous arracher le cœur. Ce fut une drôle d'existence, une bataille permanente, presque un état de guerre.

Comme un radar posté en territoire dangereux, sa mère avait été en alerte constante; bien sûr, il y avait eu quelques courtes trêves à travers une succession d'affrontements directs. Elle avait joué un jeu dangereux, flirtant constamment avec l'ennemi pour mieux l'apprivoiser ou essayer de l'écraser. Cette fois, elle avait été vaincue.

De quel droit avait-t-elle tout à coup changé le scénario? Bien sûr, elle parlait souvent à sa fille de l'éventualité de sa mort mais elles savaient toutes deux, depuis longtemps, que c'était un jeu. Et qu'à ce drôle de jeu, sa mère était toujours ressortie gagnante. Elle avait toujours eu cette volonté farouche de gagner! Bernadette se souvenait qu'enfant, au jeu du paquet voleur, sa mère ne la laissait jamais gagner sous prétexte que ce n'était pas bon pour les enfants; la victoire, avait-elle l'habitude de dire, leur enflait la tête alors que l'échec leur formait le caractère. Et maintenant, cette mère-là avait perdu la partie. Bernadette avait peine à y croire.

Parallèment à ce monologue, d'autres pensées se surimposaient dans sa tête, un peu comme des sous-titres de l'esprit. Une bonne fille se serait noyée dans ses larmes; mais Bernadette, elle, avait les yeux secs. Une pléiade d'images se bousculaient: elle voyait sa mère à la porte du paradis qui refusait obstinément de se soumettre à l'examen d'entrée. Comment osait-on douter qu'elle avait les crédits nécessaires? Elle, dont la vie n'avait été que souffrance ! Cela devait largement suffire! A n'en point douter, elle avait été inscrite dès sa naissance à un programme de fidélisation de la clientèle où les malheurs donnent droit à des bonis, des "milles célestes" utilisables pour le dernier séjour. Elle avait sûrement accumulé suffisamment de points pour se mériter le plan cinq étoiles, le repos éternel en classe superluxe, grand service ! Il était à peu près temps que sa valeur soit reconnue et qu'on lui offre une place privilégiée dans ce milieu surnaturel, ce club privé pour les êtres parfaits, le seul milieu qui lui corresponde vraiment.

Bernadette secoua la tête trois fois; ce geste automatique remettait ses idées en place et la ramenait sur terre, après ses fréquentes périodes de rêverie. Tout était alors plus clair: les travaux à exécuter, les priorités à établir, les détails à mettre de côté momentanément, les choses plus futiles à remettre à plus tard. Bernadette devenait alors d'une efficacité inégalable.

Elle consulta son agenda, fit quelques appels et, en moins d'une heure, elle réorganisa son horaire et libéra le temps nécessaire aux arrangements incontournables propres à ce genre de circonstance.

Elle n'eut pas besoin de fouiller longtemps pour trouver le bout de papier sur lequel sa mère avait dicté ses dernières volontés. C'était un thème régulier des monologues de cette femme; non seulement de ses dernières mais de toutes ses volontés. Bernadette se rendit compte soudainement qu'elle connaissait parfaitement les désirs de sa mère alors qu'elle ignorait à peu près tout des siens, de ses désirs personnels. Mais le moment était mal choisi de s'apitoyer sur ses petits caprices et de pleurer sur son sort. De toute façon, sa mère avait toujours vu en elle une enfant ingrate et insensible. Et elle avait sans doute raison.

Bernadette fut rapidement happée par le cortège des services funèbres. Un premier arrêt pour identifier la défunte, une pause essentielle pour dissiper les derniers doutes; c'était bien elle, l'air de rien, comme d'habitude. Bernadette était furieuse. De quel droit avait-elle décidé, comme ça, sans prévenir, de l'abandonner, de mourir pour vrai, cette fois ?

Ce n'est pas parce que la vie s'arrête que les affaires doivent cesser de rouler et Bernadette fut propulsée dans une salle de montre de cercueils, toutes catégories. Le vendeur, avec une morgue toute professionnelle, souligna que le choix était crucial et l'erreur était irréparable. L'homme récita son boniment où les mots dernier-repos-éternité revenaient comme un refrain. La conclusion s'imposait d'elle-même.

Bernadette opta pour le modèle le plus cher et demanda une exposition en salle aussi longue que les convenances le permettaient; de plus, elle commanda une quantité de fleurs suffisante pour démarrer un jardin botanique. A chaque demande additionnelle, le directeur de la maison devenait plus obséquieux. Son commerce, il est vrai, était passablement à l'abri de la récession, jamais, si l'on peut dire, de période morte mais les clients étaient de plus en plus chiches. Et il devait faire un effort surhumain pour s'empêcher de demander à sa cliente si elle avait par hasard d'autres parents encore vivants qu'elle aimait tout autant.

Bernadette fila au presbytère et signa un chèque couvrant le coût d'un service religieux première classe et les frais d'une quantité de messes suffisante pour assurer le retour du purgatoire au paradis de tout un "charter" d'âmes défuntes. Le vicaire était impressionné et Bernadette s'esquiva avant qu'il s'avise de lui poser des questions sur sa foi et sa non-pratique religieuse. Elle n'avait vraiment pas la tête ni le cœur à cela aujourd'hui.

Bernadette frissonna. Emmitouflée dans sa pelisse, le chauffage de la voiture au maximum, elle claquait des dents. On était à la mi-décembre et depuis quelques jours, la température battait des records de froid. Dehors, il faisait déjà noir. Le temps était lugubre et ses pensées le devenaient rapidement. «Qu'est-ce que je vais devenir ? Toute sa vie, elle me répétait que j'étais toute sa vie. Quand on est toute la vie de quelqu'un, que devient-on quand cette personne meurt ?»

Bernadette avait de la difficulté à fixer son attention sur la route.

«Je suis ta vie... Ta vie n'existe plus... Donc, je n'existe plus».

Bizarre, cela s'embrouillait de plus en plus. Pourtant, le dégivreur fonctionnait.

«Non, c'est dans ma tête que ça s'embrouille. Maman... Bang !!!»

CHAPITRE 2

Bernadette ouvrit péniblement les yeux et les referma aussitôt. Elle avait immédiatement reconnu ces lieux trop familiers. Elle était étendue sur une civière dans un couloir de la salle d'urgence, débordée comme toujours. Les yeux clos, elle décodait pourtant tout ce qui se passait autour d'elle. L'activité était fébrile. D'un côté, les malades impuissants, immobilisés, débarqués soudainement dans un territoire étrange où l'autorité en blouse blanche allait décider de leur sort, de leur vie peut-être, à droite ou à gauche du Père; une avant-première du jugement dernier, la vraie générale. Parmi eux, certains avaient tellement peur qu'ils se remémoraient soudainement leur acte de contrition au complet. Pour d'autres, la confusion les soulageait de leur anxiété. Ainsi, un vieillard, juste à côté d'elle, marmonnait qu'il n'avait pas mérité d'être en enfer. Il jurait de ne plus se plaindre de la nourriture infecte qu'on le forçait à avaler dans son foyer d'accueil, ce camp de réfugiés pour traîneux, ces toqués qui tardaient à émigrer vers ce monde qu'on dit meilleur.

De l'autre côté, il y a le personnel médical, les soignants submergés par la demande et constamment écartelés entre les besoins réels des malades et les exigences irréductibles de la bureaucratie; des décisions souvent vitales, à prendre sans arrêt, sur-le-champ. Le jugement devait rester sûr, clair, rapide car les enjeux étaient graves, l'erreur, impardonnable et de plus possiblement fort coûteuse. Comme si ce n'était pas suffisamment difficile, il fallait, de surcroît, composer avec la déraison d'un système qui a ses lois et ses exigences incontournables.

Perdus entre les malades et le personnel médical, les visiteurs déambulaient, désorientés, n'ayant aucun rôle défini. Chacun y allait de sa composition, se moulait et se dissolvait dans un espèce de magma qui retenait ensemble les pièces de cet univers quelque peu irréel.

On amena en civière Bernadette à sa chambre. Celle-ci, malgré tout le brouhaha ambiant, restait figée, immobile, les yeux toujours fermés. Elle comprenait peu à peu ce qui lui était arrivé.

— Qu'est-ce que j'ai fait pour l'amour du ciel ?

— Vous avez eu un accident, docteure.

L'infirmière avait répondu à la question non exprimée comme si les choses allaient de soi.

— Vous avez perdu le contrôle; votre voiture a probablement glissé sur une de ces plaques de glace noire. Elles sont vicieuses; le pavé semble normal mais ce n'est qu'une illusion. Vous avez eu une chance inouïe! L'autre conducteur a réussi de justesse à vous éviter alors que vous vous dirigiez droit sur lui. Vous, vous avez été quitte pour le fossé et votre voiture, elle, a gagné un laisser-passer pour la ferraille. Vous êtes bel et bien vivante et tous vos morceaux sont intacts. C'est extraordinaire, n'est-ce pas ?

Elle poursuivit d'une façon presque maternelle :

— Comment vous sentez-vous maintenant ?

Bernadette resta muette, les yeux toujours fermés. Elle ne voulait pas regarder l'infirmière qui lui parlait avec douceur et sollicitude comme à une enfant. Elle était surtout terrifiée par l'idée que si elle ouvrait les yeux, on pourrait y lire la pensée épouvantable qu'elle n'arrivait pas à chasser de son esprit.

— Comment ai-je pu faire ça, moi ?

Le souvenir de la mort de sa mère lui remonta à la gorge. Elle eut un haut-le-cœur et crut qu'elle allait vomir, mais elle se retint et décida qu'elle devait quitter cet endroit de toute urgence.

Le médecin, appelé par l'infirmière, parut trop visiblement soulagé lorsqu'il aperçut Bernadette en train de se rhabiller. Elle tint à lui préciser qu'elle se sentait parfaitement en mesure de retourner chez elle; elle avait bien quelques courbatures, quelques ecchymoses facilement camouflables, de légères douleurs de-ci, de-là mais rien qu'elle ne pouvait contrôler seule. Son taxi était déjà appelé pour la reconduire à son domicile. Vite, il lui fallait quitter cet endroit délirant, abandonner ce rôle de malade qu'elle abhorrait, rentrer chez elle, pour être enfin seule pour réfléchir tranquillement et comprendre ce qui lui arrivait. Oui, elle devait retomber sur ses pieds et se reprendre en main. Cet accident n'avait été qu'un dérapage incongru. C'était bien la première fois que ça lui arrivait et ce devait être la dernière.

Heureusement, le chauffeur de taxi ne se crut pas obligé de faire la conversation. Il respecta son besoin de garder ses distances et Bernadette, reconnaissante, doubla son pourboire. Elle se précipita dans son appartement et, Dieu merci, ne rencontra âme qui vive. Car il aurait été aujourd'hui au-dessus de ses forces de subir l'assaut d'un de ces locataires esseulés qui se précipitait sur tout ce qui bouge pour étancher sa soif de communiquer, pour apaiser son besoin irrésistible de parler. Sans même enlever ses bottes et son manteau, Bernadette se laissa choir dans le premier fauteuil qu'elle trouva et se mit à pleurer. Les larmes coulaient sur ses joues, doucement, paisiblement d'abord. Peu à peu, elle s'abandonna à sa peine; la boule qu'elle avait dans la gorge se dissipa, ses pleurs augmentèrent et elle sentit se dénouer l'étreinte qui lui serrait le cœur. Elle était maintenant secouée de sanglots, la douleur était profonde, la brèche s'élargit et c'est un véritable torrent de larmes qui essaya de s'y engouffrer. Elle allait y passer toute entière, si elle ne réagissait pas. Bizarrement, elle entendit sa mère qui la semonçait :

«Arrête de brailler comme un bébé, toi une grande fille si raisonnable. Je ne te reconnais plus. Tu aimerais peut-être mieux être à ma place.»

Ces réminiscences eurent raison de ses débordements et ses larmes s'assèchèrent complètement. La plaie était refermée, recouverte. Encore une fois, Bernadette avait refait le deuil de son enfance.

Malgré un début de migraine, elle prit sa douche, s'habilla de vêtements sombres et se maquilla sobrement. Elle consulta son agenda et sortit vaquer à ses obligations.

CHAPITRE 3

Sa mère aurait été satisfaite, enfin, peut-être. Bernadette avait fait son possible et beaucoup plus pour que sa sortie de scène soit mémorable. Le tout s'était déroulé sans anicroche. Cela avait été un événement inoubliable, un dernier coup de chapeau à cette femme irréprochable. Les visiteurs étaient venus en bon nombre au salon funéraire; il n'y avait presque pas eu de temps mort. Comme toujours, sa mère avait été parfaite dans son rôle. En effet, de se retrouver sous les feux de la rampe, d'être l'objet de toute cette attention exclusive, semblait lui avoir instillé une vitalité qu'on ne lui connaissait pas de son vivant. On commentait abondamment sa bonne mine, son sourire retenu à la manière d'une Joconde un peu trop lente à se manifester au goût de Bernadette qui ne se rappelait pas l'avoir jamais vue sourire. Les louanges avaient fusé de toute part.

«Une femme extraordinaire, un couple inséparable, une mère qui s'est donnée corps et âme pour sa fille, une sainte personne. Une vie exemplaire, un repos hautement mérité. Mais pour qui ?» se demanda Bernadette.

Le service religieux fut mené rondement. Le prêtre adapta au besoin de la situation son homélie numéro trois intitulée:

«Hommage à nos saintes mères». Il restait bien quelques blancs à remplir pour personnaliser le texte. Mais le tout fut débité sur un ton bien étudié, d'abord onctueux, puis grave; enfin, pour la grande finale, le prêtre servit à l'assemblée une dernière envolée de trémolos funèbres. Ce fut sans l'ombre d'un doute une excellente performance; les profanes n'y virent que du feu et quittèrent la cérémonie avec un goût de cendre dans la bouche. Car pour clore la cérémonie, le prêtre leur avait rappelé que cette fois encore, le voleur avait frappé ailleurs mais que la prochaine victime pourrait se trouver parmi eux. Gare aux pêcheurs !

Bernadette était montée au pupitre pour lire un mot d'adieu et rendre un dernier hommage à cette mère chérie. Alors qu'habituellement elle n'était pas à court de mots, cet exercice avait exigé de sa part des heures de rédaction. Malgré l'effort fourni, elle était resté insatisfaite du résultat car ce qu'elle avait exprimé sonnait faux; des phrases creuses et insipides qui ne traduisaient ni ses sentiments ni la valeur de la chère disparue.

La disposition du corps posa un problème auquel elle ne crut pas pouvoir trouver de solution. Jamais sa mère n'avait abordé cette partie de sa vie ou plutôt, de sa mort. Fait étonnant de la part de cette femme qui prévoyait tout, qui avait des idées et des réponses à tout. Comment avait-elle pu omettre de donner ses directives sur cette ultime question ?

Son père, décédé plusieurs années auparavant, conformément à son souhait maintes fois exprimé, reposait au cimetière local. Il savait qu'il y trouverait enfin la paix. Bernadette avait espéré que le testament de sa mère, fort bien fait du reste, apporterait une réponse sur ce point mais le document était muet.

Bernadette oscillait entre les choix possibles et n'arrivait pas à prendre de décision. Elle envisagea l'incinération, se disant que la disparition instantanée, quasi totale, présentait des avantages certains. Toutefois, un problème, tout aussi insoluble persistait: celui des cendres. En effet, que faire par la suite des cendres ? Et cela, sans contrarier la volonté de sa mère ? Car Bernadette savait que sa mère avait toujours été incommodée par la poussière qu'il fallait inlassablement pourchasser. Sa mère vilipendait la saleté sous toutes ses formes et disperser ses cendres la ferait mourir une deuxième fois. Bernadette écarta donc l'incinération.

Tout compte fait, elle opta pour la mise en terre, dans le lot familial, près de son père, son mari. Cette solution alternative, les réunissant à nouveau, ne lui convenait pas davantage mais elle n'arrivait pas à cerner les motifs réels de son insatisfaction. C'était étrange, on aurait dit que c'était elle que cela dérangeait. Elle avait l'impression d'avoir à résoudre un de ces casse-têtes qui s'adresssait aux êtres intellectuellement supérieurs, un test qu'elle pourrait échouer, une compétition où elle pourrait être perdante.

Mais Bernadette dut choisir sans tarder. Elle a recommencé son va-et-vient et se buta toujours à la même équation. Elle avait en main trois morceaux mais disposait de deux cases seulement. Cela constituait pour elle une énigme déroutante qui lui procurait un sentiment bizarre, une sensation de déjà-vu.

Tout à coup, ô miracle, le problème sembla réglé, alors qu'en fait il était mis sur la glace, si l'on peut dire, reporté à plus tard, la mise en charnier ne se faisant qu'aux beaux jours. Bernadette fut donc délivrée de ce dilemme qui, mystérieusement, l'angoissait au plus haut point. Son esprit put se reposer un peu et Bernadette commença à réfléchir à sa nouvelle vie qui commençait.

CHAPITRE 4

Le lendemain des funérailles, Bernadette se rendit très tôt à son cabinet de consultation. Il lui fallait expédier les questions les plus pressantes avant de commencer à recevoir des patients. L'avant-midi s'annonçait en effet surchargé. Elle devait rencontrer la famille Lemieux pour une première évaluation, un cas référé par un médecin qu'elle ne connaissait pas et qui s'avéra être le père de madame. Le problème allégué sur le formulaire était aussi bref qu'imprécis: trouble du comportement.

On lui avait souvent fait le coup du "diagnostic fourre-tout" et elle savait par expérience que, derrière ces mots, pouvait se cacher une gamme étendue de problèmes, du plus léger au plus sévère, du plus banal au plus complexe.

Le garçon qu'on lui amena avait dix ans. Le reste était à découvrir. La famille Lemieux arriva à l'heure, un bon point pour eux. La mère était tout sourire, le père, distant et courtois; le fils traînait derrière, aussi enthousiaste qu'un veau en route pour l'abattoir. Sa soeur d'une quinzaine d'années était absente, retenue à l'école par des examens très importants. De toute façon, elle n'avait pas de problème. Annabelle était une fille brillante, studieuse, docile et jolie en plus. Ses performances athlétiques étaient au-dessus de la moyenne et elle excellait au piano et au ballet. On insista sur les réussites de l'aînée qui constituaient la preuve irréfutable de la compétence et du dévouement parental.

On sait fort bien qu'il est malsain de comparer les enfants entre eux mais, du côté du petit frère, rien n'allait. On était ici justement pour savoir ce qui ne tournait pas rond chez lui, bref pour trouver son problème.

«C'est vrai, hein, mon petit chéri ?»

La mère régurgita toutes ces informations, tout d'un trait, sans reprendre son souffle. Bernadette écouta tout ce qui se dit mais elle observa surtout attentivement chacun des membres de la famille individuellement ainsi que l'un par rapport à l'autre.

Le père, déjà grisonnant, dans la quarantaine avancée, était plutôt bien de sa personne, malgré quelques livres en trop.

Grand, il portait un complet foncé, une cravate sobre et une chemise rayée, le tout de qualité. Une barbe bien taillée atténue quelque peu le conformisme des vêtements.

Assis bien droit dans le fauteuil, Alexandre Lemieux était poliment absent. Il était, bien sûr, tout à fait d'accord avec la consultation. Son regard s'échappait régulièrement vers la porte; il consulta furtivement sa montre à plusieurs reprises et, n'y tenant plus, il finit par s'enquérir de la durée de la visite. Il était évident que cette démarche l'ennuyait au plus haut point. Des obligations professionnelles extrêmement importantes nécessitaient sa présence à l'université. Monsieur y occupait le poste de directeur de département, ce qui accaparait pratiquement tout son temps. C'était son épouse qui avait insisté pour qu'il l'accompagne au moins pour la première visite.

D'habitude pourtant, c'était elle qui voyait à tout à la maison et elle se tirait d'affaires plutôt bien, il devait lui en donner le crédit. C'était vraiment la première fois qu'elle le dérangeait et qu'elle n'arrivait pas seule à bout d'un ennui domestique. Il savait cependant que le problème de son fils était mineur. David était un enfant brillant. Ses collègues lui ayant vanté la compétence de Bernadette, il avait donc décidé de lui confier son fils et de lui faire entièrement confiance. A coup sûr, elle saurait comprendre mais surtout régler rapidement ce petit malentendu.

La mère dans la jeune quarantaine paraissait facilement quinze ans de moins que son mari. Grande et très mince, son allure était impeccable. Le blond de ses cheveux, son maquillage, son attitude, son sourire et son élégance, tout était d'un faux naturel recherché.

Eve Lemieux ne portait, tant pour ses accessoires que pour ses vêtements, que des copies signées de créateurs prestigieux. L'image était parfaite et on aurait pu l'insérer telle quelle, sans retouche aucune, dans une édition de Vogue ou dans une vitrine des luxueuses boutiques de l'avenue Montaigne à Paris.

L'accessoire le plus extraordinaire était son sourire, figé, permanent, accroché solidement, sans égard au contenu de son discours.

Bernadette était sidérée. On pouvait aujourd'hui se faire poser des implants mammaires, dentaires ou oculaires. Mais où diable pouvait-on se faire implanter un tel sourire, imperméable aux orages intérieurs, un «regardez comme je suis heureuse» garroché au monde entier ?

Des plaques rouges de plus en plus nombreuses commencèrent subitement à tacheter le cou de la mère; apparues d'abord au bas, elles grimpaient inexorablement au fur et à mesure qu'elle parlait de son fils. Sans qu'elle s'en rendit compte, son corps venait de la trahir; elle était prise à la gorge. Sa colère et sa honte lui sortaient par les pores de la peau.

Le grand chéri, lui, déjà écrasé dans sa chaise, avait pâli et s'était affalé encore davantage lorsque sa mère s'était adressée à lui. Aucune réaction ! Avachi, immobile, apathique, l'oeil vide, peut-être ailleurs, peut-être nulle part. Il ne savait pas pourquoi il était là; oui, on le lui avait dit mais il avait déjà oublié. Non, il n'était pas capable de se rappeler. Il fallait le demander à ses parents. C'était eux qui savaient les choses, qui savaient tout. Lui ne savait rien.

David, à dix ans, présentait un retard pédagogique majeur. Il avait déjà doublé mais avait été ensuite promu à cause de son âge et des pressions des parents, sans posséder les acquis minimums. Tout avait été mis en œuvre pour l'aider mais les efforts des adultes qui l'entouraient et qui l'adoraient étaient restés lettre morte.

Les psychologues l'avaient observé, en avaient discuté avec les professeurs, la direction, l'orthopédagogue, la conseillère en éducation et l'orthophoniste. Ces spécialistes l'avaient même rencontré, lui avaient parlé, l'avaient soumis à des tests qui avaient révélé une intelligence supérieure, ce que tout le monde savait déjà. Quant aux parents, ils n'étaient nullement mis en cause; ils étaient des gens responsables, consciencieux, qui avaient à cœur le bien de leurs enfants.

L'aînée avait fréquenté la même école quelques années auparavant. Elle y avait laissé le souvenir d'une excellente élève, une écolière dont on avait pu s'enorgueillir. Une enfant gratifiante qui avait confirmé la valeur des professeurs qui avaient eu la chance de l'avoir dans leur classe.

Le garçon, lui, devait être examiné pour qu'on décèle et identifie son problème. Il ne comprenait rien à ce qu'on se tuait à lui faire entrer dans la tête et les spécialistes ne comprenaient rien à ce qui se passait dans cette même tête. Cette dernière réflexion provoqua un bref éclair dans le regard de David, qui s'éteignit aussi vite, comme une ampoule électrique qui aurait été allumée par erreur.

Simultanément, le père s'était levé brsuquement et s'était excusé de devoir quitter avant la fin de la consultation. Il n'avait pas pensé que c'aurait été si long. Il devait rencontrer la presse; un de ses assistants venait de publier un article qui allait sûrement faire tout un tabac dans le monde supérieur de la recherche et c'était indispensable qu'il soit vu à cet événement.

Il confia à nouveau son fils à Bernadette, assuré qu'avec toute sa compétence et sa réputation, elle découvrirait ce qui était déréglé dans la tête de David et ferait les modifications qui s'imposaient. Son épouse était vraiment une femme merveilleuse. Il avait toujours pu compter sur elle et elle le tiendrait au courant. C'est avec elle que Bernadette devait organiser les détails des opérations subséquentes. Il avait été ravi de la rencontrer et «au revoir docteure et merci pour tout.»

A peine le père sorti, David se redressa et se retourna vers sa mère avec un regard interrogateur.

«Ne t'inquiète pas, mon bébé, tu sais bien comment papa travaille fort; c'est un monsieur très occupé et il a pris beaucoup de temps pour toi ce matin. Ce n'est pas tous les jours qu'un père qui a autant de responsabilités s'absente de son travail pour aider son fils. Tu dois être bien gentil; tu sais combien il t'aime.»

David s'éteignit, cala et disparut au fond de sa chaise jusqu'à la fin de cette première rencontre. La mère continua d'inonder Bernadette de déclarations de bonnes intentions, d'exemples et de citations qui attestaient son dévouement, sa générosité, sa disponibilité entière et totale pour sa famille. Elle retirait une satisfaction immense de ce rôle de mère qu'elle avait délibérément choisi, prit-elle soin de préciser.

Légèrement plus détendue depuis le départ de son mari, Eve Lemieux élabora un peu sur les débuts de leur relation. Douée pour les études, elle aurait pu poursuivre une carrière et envisager une vie professionnelle intéressante mais elle avait rencontré son mari dès son arrivée à l'université où elle venait d'entreprendre des études en diététique. Il était affamé, il avait des ambitions illimitées; son acceptation dans ce milieu fréquenté par une minorité avait agi chez lui comme un détonateur; toutes les portes pouvaient dorénavant lui être ouvertes. Tout lui était accessible et il voulait tout: la carrière, le prestige, l'argent, une femme, des enfants, une vraie famille dans une vraie maison. Il voulait une place dans cette caste à part, le monde de l'élite intellectuelle, ces privilégiés de l'esprit. Mais l'air que l'on respirait dans ces milieux supérieurs avait parfois des effets très particuliers: la tête avait tendance à s'enfler, le cœur à s'assécher. Les êtres vulnérables étaient souvent affectés; ils n'avaient alors de cesse que lorsqu'ils étaient rendus à la tête du royaume, se croyant alors le meilleur parmi les meilleurs.

Alexandre l'avait choisie, lui, un homme si supérieur. Elle lui en serait à jamais reconnaissante. Elle s'était facilement laissée convaincre qu'il serait préférable pour leurs enfants à venir qu'elle reste à la maison pour les élever. Les enfants étaient plus heureux avec leur mère qu'avec des étrangères et il avait besoin d'une collaboratrice fidèle sur qui il pourrait se décharger des problèmes d'intendance. Libéré des soucis quotidiens, toutes ses énergies seraient mises à la poursuite de l'excellence professionnelle; il pourrait alors gravir à toute vapeur les échelons qui menaient au sommet de la réussite. Il était en route pour la gloire et, accrochée à lui, elle aussi respirerait et bénéficierait de cet air enivrant, de cet oxygène grisant réservé à une infime minorité, les penseurs, la véritable aristocratie du genre humain. Le partage des tâches s'était alors fait naturellement. Elle verrait à son bien-être, à son confort, s'occuperait de la maison, élèverait les enfants. En somme, elle prendrait soin de tout et, lui, il soignerait son image, son plan de carrière et son *curriculum vitæ*.

Et la mère conclut:

«Je n'ai jamais rien regretté. Je suis certaine d'avoir fait le bon choix. Comprenez-moi bien, docteure. Je n'ai absolument rien contre les femmes qui travaillent.»

Sur ces propos rassurants, un deuxième rendez-vous fut fixé pour la semaine suivante.

CHAPITRE 5

La matinée y avait passé, l'heure du lunch également et Bernadette sentait le besoin de s'enfermer dans son bureau pour se concentrer et fixer dans sa mémoire tous les détails de cette première rencontre: beaucoup de mots, quelques gestes, des mouvements retenus, des regards évasifs. Et curieusement, le langage du corps qui contredisait presque entièrement le langage des mots. C'était en quelque sorte une trahison secrète. La tête parlait comme elle se devait, le corps envoyait un tout autre message et le cœur était le grand absent de ce premier rendez-vous.

David ne comprenait rien aux mots, il était tout à fait réfractaire à ce langage qu'il refusait d'apprendre. Son corps ne communiquait pas davantage, il était totalement fermé, emmuré dans sa coquille mais peut-être était-ce le seul moyen à sa disposition pour se protéger. Il faisait penser à une huître qui s'est refermée hermétiquement pour qu'on ne lui vole pas la perle qu'elle a à l'intérieur, sa seule richesse. Peut-être était-ce le seul moyen dont il disposait pour protéger son cœur écorché, pour se blinder contre la méchanceté des grands qui, il y avait quelques années, lui avaient fait subir un infarctus amoureux.

Quelques mots que la mère avait échappés ici et là au cours de l'avant-midi éveillèrent de vieux souvenirs chez Bernadette, entre autres, l'histoire de cette rencontre qui avait scellé son avenir.

Durant sa dernière année de médecine, Bernadette avait eu une relation amoureuse avec un de ses confrères, un beau garçon brillant, désireux de se marier et de fonder une famille aussitôt ses études terminées. Ses parents étaient tous deux décédés; il était donc seul et il était à l'aise matériellement. Il envisageait l'avenir avec optimisme et sérénité. Il avait de grandes ambitions professionnelles mais sa priorité absolue était de nouer un lien affectif durable avec celle qui deviendrait sa femme, d'établir avec elle une chaleureuse et tendre complicité. Son plan de carrière, qui s'annonçait déjà fort prometteur, était subordonné à son plan de vie. Etre aussi heureux que possible, goûter pleinement aux joies du quotidien, vivre chaque instant comme un cadeau, faire de chaque moment une réussite car aussitôt vécu, ce moment ne revient jamais. Cet homme serein souhaitait qu'elle partage sa vie, lui promettant de faire tout ce qui était en son pouvoir pour la rendre heureuse aussi. Elle ne doutait aucunement de sa sincérité et savait qu'il tiendrait promesse. Il était fiable, mature et généreux. Elle avait tergiversé, pesé le "pour" et le "contre", mis dans la balance les "plus" et les "moins". Le positif l'avait emporté haut la main. Mais elle s'était éloigné de cet homme, ne pouvant lui expliquer son comportement car elle ne comprenait pas elle-même.

Confusément, elle avait su qu'elle prenait une mauvaise décision, qu'elle justifiait en disant qu'il exigerait qu'elle abandonne sa carrière, alors que cette possibilité n'avait jamais été abordée entre eux.

Les années de spécialisation en résidence avaient été trop remplies pour permettre toute velléité de remise en question de ses choix. Le travail accaparant laissait peu de place à la réflexion sur soi et cela arrangeait Bernadette. Les exigences des malades et des patrons, les études et les examens à préparer, grugeaient pratiquement tout son temps et toutes ses énergies.

Sa mère, seule et vieillissante, s'accaparait du reste, se plaignant d'ailleurs constamment que Bernadette la délaissait et passait trop de temps à l'hôpital. Elle accusait Bernadette d'être une fille ingrate, égoïste, insensible au destin difficile qui était le sien.

Mais étonnamment, devant les autres, son discours était tout autre. En effet, sa mère gloussait et ne tarissait pas d'éloges sur cette fille brillante qui était sa fierté. Madame se drapait dans ses diplômes, se les appropriait, en faisait sa réussite à elle. Il s'en fallait de peu qu'elle ne franchisse la limite qui l'empêchait d'affirmer que c'était elle qui s'était tapée les études, les examens, que c'était elle qui avait souffert pour en arriver là. Car la souffrance, c'était tout de même sa spécialité, son rayon, bref son identité.

La mort les avait séparées, cliché qui maintenant prenait tout son sens. Bernadette, impuissante avait subi la disparition brutale d'une enveloppe contraignante, étouffante, d'une coquille limitative qui emprisonne et protège tout à la fois. L'air qu'elle y avait respiré était vicié, empoisonné même, mais c'était le seul qu'elle avait jamais connu. Elle avait passé toute sa vie dans la pénombre et puis, brusquement, elle se retrouvait à l'air libre, dans la lumière, sans préparation ni protection. Le choc était si terrible qu'aucun cri primal, si réussi soit-il, ne pourrait vraiment l'atténuer. C'était en quelque sorte, le traumatisme de la naissance à retardement. C'est le moins qu'on puisse dire !

La solitude aidant, Bernadette prit peu à peu du recul et cette nouvelle perspective lui permit de regarder sa mère avec un oeil différent. Elle en vint à réaliser que sa mère, non seulement avait omis de lui indiquer comment disposer de son corps après sa mort mais pire, elle ne l'avait jamais préparée à disposer de sa vie à elle comme bon lui semble, comme si la possibilité d'une séparation n'avait jamais été envisagée, n'avait même jamais existé.

Bernadette était ainsi forcée de se rendre compte que quelque part elle était encore une enfant et cette découverte lui fut très brutale, à la vérité horrifiante, cataclysmique.

Devant cette évidence, un sentiment de panique l'envahit, la submergea. Son cœur prit le mors aux dents, sa respiration devint pénible, rapide et douloureuse; Bernadette fut couverte de sueurs froides. La crise s'intensifia et atteint son paroxysme; le malaise se transforma en terreur, elle étouffa; une douleur aiguë lui serra alors la poitrine et lui occasionna une contraction insupportable. Bernadette fut convaincue qu'elle allait mourir, mais au moins cette sensation intolérable serait disparue. Elle s'agrippa aux bras de son fauteuil, attendant la fin. L'ouragan s'apaisa, la marée terrifiante se retira. Son cœur était malade, elle allait demander une consultation en cardiologie dès qu'elle aurait un moment de libre.

Il était tard. Son travail terminé, elle n'eut aucune envie de se retrouver seule chez elle et de recommencer à penser. Elle prit alors rendez-vous pour manger en ville avec une amie qui sautait sur toutes les occasions qui lui donnaient une raison de fuir son mari. Bernadette fit des réservations au restaurant branché du moment. La nourriture était savoureuse, les vins, honnêtes, l'ambiance, propice à l'évasion. Une atmosphère bruyante règnait sur les lieux: les clients affichaient leur bien-être, leur satisfaction d'eux-mêmes alors que le personnel, employés et patrons, roucoulait en entendant résonner la caisse enregistreuse. Tout le monde semblait heureux; ç'était tellement facile le bonheur quand on évitait de réfléchir.

Bernadette rentra le plus tard possible. Elle s'endormit vite, se réveilla en sursaut après quelques heures de sommeil non réparateur et avec la désagréable sensation qu'elle n'était plus seule. Quelques bribes de rêve non encore effacés achevèrent de la réveiller complètement. Un voleur, de noir vêtu, s'était introduit par effraction dans sa chambre. Elle se mit à trembler de tous ses membres, essayant de se rappeler à quand remontait son dernier cauchemar. Elle en faisait très rarement, le dernier, le seul qu'elle eût fait à l'âge adulte était survenu à la mort de son père.

Elle alluma toutes les lumières de l'appartement, vérifia chaque pièce dans tous ses recoins, se trouvant ridicule d'agir ainsi. Elle ne pourrait se rendormir et elle ne le voulait pas de toute façon. Eveillée, il était plus facile de garder l'ennemi à distance. Elle se prépara un breuvage chaud, se cala dans son lit avec un livre en se disant que la journée de demain serait longue et pénible.

En effet, Bernadette devait assumer la garde à l'hôpital durant toute la fin de semaine. C'était une épreuve à traverser, à chaque fois pire que le mauvais souvenir qu'avait laissé la précédente. Trois jours en contact étroit avec la folie, la vraie, celle des malades en phase aiguë aux prises avec leurs démons, leurs persécuteurs, leurs expériences irréelles et incompréhensibles; une folie douloureuse, pathétique, qui avait besoin de compassion. L'autre folie, toute aussi présente, était celle du système, impitoyable, cruel et inhumain; c'étaient là deux folies aux antipodes l'une de l'autre, la bureaucratie nuisant aux soins des malades alors qu'elle n'existait que pour être à leur service.

C'était également souvent l'occasion de voir à l'œuvre les manifestations les plus incroyables des sentiments humains. La créativité de certains suscitait l'étonnement, sinon l'admiration.

Au cours de sa dernière fin de semaine de garde, Bernadette avait été appelée pour évaluer une vieille dame laissée là par son fils déjà parti, trop pressé pour attendre les conclusions de l'examen. Il s'était exténué à fournir à sa mère les soins que son état exigeait ces derniers temps. Il avait fait le diagnostic; la vieille dame souffrait de la maladie d'Alzheimer. Son dévouement avait été sans limite mais, devant une aussi triste évidence, il s'était résigné à se séparer de sa mère pour son bien à elle. Elle pourrait ainsi bénéficier de soins plus appropriés à son état dans une institution organisée pour ce genre de maladie.

La vieille délirait, pouvait-on lire au dossier. Des agents des services secrets voulaient sa tête. Ils étaient partout, la surveillaient nuit et jour. La pauvre dame ne fermait plus l'oeil, ne mangeait plus, de crainte qu'ils n'aient empoisonné ses aliments. Elle était de plus en plus agitée depuis son admission car elle pensait que l'hospitalisation faisait partie du complot.

Bernadette l'avait écoutée longuement, patiemment. Elle lui avait parlé avec tendresse, tentant ainsi de la rassurer. Elle lui avait fait comprendre que personne ne lui voulait du mal et que bien au contraire, on voulait l'aider; pour cela, elle devait essayer de faire un peu confiance. Petit à petit, la vieille dame s'était calmée et Bernadette s'était rendu compte au cours de leur entretien que ses facultés intellectuelles étaient intactes même remarquables pour son âge.

Pauvre femme, elle étouffait avec son secret. Elle ne pouvait trahir son fils et gâcher la retraite dorée qu'il s'était minutieusement préparée et dont il venait juste de commencer à jouir. Il avait toujours été si bon pour elle, lui offrant des voyages mémorables vers des destinations exotiques où elle n'aurait jamais mis les pieds autrement.

Elle savourait les sentiments d'envie et de jalousie de tous ceux et celles à qui elle racontait cette vie de rêve aux retours de voyages. Peu de parents pouvaient se vanter d'avoir des enfants aussi généreux, dévoués et reconnaissants.

Cependant, plus la mort approchait, moins elle était certaine qu'elle avait bien fait d'accepter tout cela sans poser aucune question et de rapporter les colis qu'on lui confiait au retour.

«Des cadeaux» devait-elle dire aux douaniers qui, c'était bien connu, ne fouillaient pas les vieilles dames timides et apeurées.

Les questions jamais posées étaient devenues au fil du temps un doute puis une quasi-certitude insupportable; elle allait en mourir. C'était alors que son esprit avait pris le relais et lui avait fourni une solution salvatrice.

Son fils n'était ni véreux, ni ingrat. Il l'aimait de tout son cœur, elle avait été une bonne mère mais des jaloux avaient répandu ces horribles rumeurs qui la salissaient et mettaient sa vie en danger.

La fin de semaine fut à la hauteur des appréhensions de Bernadette. Elle fut témoin d'une série sans fin de morceaux de misère humaine, de difficultés de vivre sous toutes ses variantes. Heureusement que la pression du travail à plein régime agissait comme une drogue, un anti-douleur qui insensibilisait un peu et empêchait d'être démolie devant un tel étalage de souffrance. Encore une fois, Bernadette réalisa que, pour elle, le travail avec les malades était sa religion, sa panacée, sa vie!

CHAPITRE 6

Lors de la deuxième rencontre, David se présenta seul avec sa mère. Le père n'avait pu se libérer, tout comme sa soeur qui ne pouvait s'absenter encore une fois de cours essentiels. Pour sa part, Eve Lemieux, laissa entendre qu'elle apprécierait que l'enfant puisse venir en dehors des heures de classe. David grimaça en signe de réprobation.

Seul avec Bernadette, il acquiesca qu'il était tout à fait ravi de venir parce que, justement, il manquait l'école qu'il détestait depuis la toute première minute où il y avait mis les pieds. Pendant des semaines, il avait fait des crises à chaque matin au moment de quitter la maison. Mais ses pleurs avaient été insuffisants pour renverser la décision. Les céphalées et les nausées ne furent guère plus efficaces. Lorsque les vomissements étaient apparus, David était resté à la maison. Pendant quelques jours, il avait eu un répit. Puis on l'avait examiné, on l'avait tâté, on l'avait ausculté, on l'avait radiographié mais les résultats n'avaient détecté aucune anomalie. Les espoirs de David furent ainsi anéantis et il fut désormais condamné à réintégrer la geôle sans coup férir, sans discussion.

Dès lors, son corps, comme un automate, se rendit facilement à l'école et David jamais plus ne maugréa ni ne rouspéta. Le seul ennui, c'était qu'il n'apprenait strictement rien. Les spécialistes avaient examiné son corps et sa tête sans rien trouver d'anormal. C'était son cœur qui souffrait et David avait compris que les séances hebdomadaires avec Bernadette s'adressaient à ce cœur malade. Les séances se déroulaient d'une façon paisible et captivante. Il retrouvait des crayons de couleur, de la peinture, des poupées, des marionnettes, des animaux, des autos, un monde d'enfant qu'il pouvait utiliser à sa guise et cela, en compagnie d'une adulte bienveillante et attentive. Seul avec Bernadette, libre d'être enfin lui-même, sans agenda auquel il devait se conformer, David s'épanouissait. Il adorait jouer, construire un monde qui correspondait à ses désirs et à ses besoins. Au début, il s'adonna au dessin; les maisons étaient son thème central, prédominant; elles occupaient presque tout l'espace. Par la suite, il se concentra sur une maison miniature qu'il réaménageait au gré de ses fantaisies. David déplaçait le mobilier à travers les pièces de la maison selon des combinaisons différentes. Bernadette estima encore plus éclairante sa manipulation des petits personnages habitant la maison. La place que David leur octroyait ne semblait jamais le satisfaire, malgré les modifications successives. Séance après séance, il recommençait cet exercice et ce va-et-vient offrait à

Bernadette une meilleure compréhension des problèmes de David et du milieu familial où il évoluait.

Pour David, l'heure était toujours trop vite écoulée; il en redemandait, il pourrait revenir plus souvent. Le garçon revivait en raccourci une période bienheureuse à laquelle il avait été trop brusquement arraché. Cette heure avec Bernadette était une répétition où il aura la chance de refaire l'opération à son rythme, en douceur.

CHAPITRE 7

Bernadette rencontra Eve Lemieux, seule, à son tour. Son empathie, son attitude de support et de compréhension rassurante aida sa patiente à se départir du masque qu'elle portait depuis si longtemps qu'il adhérait à sa personne. Le décollement devait se faire avec doigté pour éviter le traumatisme que provoquerait un arrachement trop brutal. L'opération se faisait en douceur et la mère se livrait petit à petit.

Eve Lemieux était l'aînée d'une famille de trois enfants. Son père était un médecin qui jouissait d'une certaine réputation locale. Elle décrivit l'homme comme un individu fat, vaniteux, autoritaire et égocentrique, un flagornenr préoccupé par sa propre popularité. Sa pratique était lucrative, sa clientèle, nombreuse. Eve le présentait comme un père illustre, recherché, qu'on s'arrachait littéralement, un séducteur inoubliable dont elle avait toujours été la préférée.

Fraîchement diplômé en médecine, le père avait épousé la mère et tous deux étaient partis immédiatement à l'étranger. Le père s'était spécialisé et la mère avait accouché prématurément de cette fille que le couple n'avait pas eu le temps de désirer. Deux garçons avaient suivi coup sur coup, aussi imprudents; ils avaient réalisé eux aussi trop tard qu'on n'avait pas particulièrement souhaité leur arrivée.

La mère, issue d'une famille bourgeoise très à l'aise, était remarquablement belle. Timide, elle avait eu le coup de foudre pour cet étudiant en médecine flamboyant. Elle avait été séduite d'emblée, s'était donné à lui comme on entre en vocation et, sa vie durant, lui avait voué une admiration exclusive.

Des gouvernantes s'étaient succédé pour assurer la bonne marche de la maison et voir à l'éducation des enfants.

Madame Lemieux parlait de son enfance comme d'une période merveilleuse. Fillette gâtée dans un milieu privilégié, elle avait vécu un vrai conte de fée. Elle avait grandi et était devenue une fille reconnaissante, compréhensive, répondant sans difficulté aux attentes de ses parents, ne faisant rien qui puisse ternir l'image d'une famille modèle.

Ses frères par contre étaient bruyants et turbulents; à la maison, ils se chamaillaient sans arrêt. Dehors, ils faisaient équipe et avaient été vite identifiés comme les terreurs du quartier.

Agacé par les plaintes des voisins et des professeurs, le père avait expédié prestement les garçons dans un pensionnat durant l'année scolaire. L'été, ils étaient transférés en colonie de vacances. Condamnés sans appel à ce régime jusqu'à la fin de leurs études, ils décidèrent un jour qu'ils étaient assez savants. Ils fuguèrent ensemble et depuis lors, ils n'avaient jamais été revus. Dans la famille, le sujet était tabou. Le père avait décrété un embargo indéfini sur la question et les deux femmes avaient, comme toujours, respecté sa volonté.

A la suite de cet aveu, Bernadette constata que le cou de sa patiente s'était empourpré; c'était un véritable thermomètre sur lequel elle pouvait suivre fidèlement la puissance des émotions que retenait Eve Lemieux. Son corps, si bien discipliné par ailleurs, la trahissait plus que jamais. La rougeur gagna du terrain et ses joues se gonflèrent. Bernadette crut qu'Eve n'arriverait peut-être pas à contrôler les larmes qui perlaient à ses yeux. Madame Lemieux se leva brusquement, s'excusa et quitta le bureau.

CHAPITRE 8

Chaque jour, Bernadette retardait autant que possible le moment de rentrer à la maison. Seule, elle se remémorait son accident, sa crise de panique, son cauchemar, des souvenirs intolérables. Son équilibre confortable avait été rompu par le décès de sa mère et elle reconnaissait qu'elle était encore déstabilisée. En effet, elle éprouvait de la difficulté à reprendre pied. Elle s'était toujours arrangée seule et ce, depuis très longtemps. Forte et autonome, elle avait toujours fait face à l'adversité par ses seuls moyens mais, cette fois, elle se sentait ébranlée et il lui répugnait de devoir demander de l'aide.

Bernadette était fille unique. On lui avait raconté que cela avait été le coup de foudre lorsque ses parents s'étaient rencontrés. Elle avait du mal à croire que sa mère, Clarence, ait pu provoquer une telle explosion, déchaîner une telle passion. Son père avait été ému, secoué par le regard de cette jeune fille par ailleurs d'apparence des plus ordinaires: des yeux bleus trop grands, trop ouverts, en état d'alerte. Elle avait un regard d'enfant angoissée et ses yeux étaient tristes, immenses,suppliants, avides. De plus, ils étaient trop pâles, délavés, comme si les larmes retenues avaient délayé leur couleur.

Mais l'homme était tombé follement amoureux de cette femme sur-le-champ et il s'était juré d'en prendre soin pour toujours et de la guérir des blessures qu'il devinait. Ce regard d'enfant angoissée, en quête d'amour et de protection, l'avait transformé, en avait fait un homme. Il lui avait promis le bonheur, elle avait accepté de l'épouser.

Il arrivait quelques fois à cet homme d'oublier que c'était une enfant dans un corps de femme qu'il avait dans son lit. Elle subissait ses épanchements avec la résignation du pauvre qui rembourse une dette. Berna...dette avait été le dernier paiement. Après la naissance de la fillette, le père avait tenté à quelques reprises de quémander son dû. Victime d'une attaque subite, atteinte d'un mal mystérieux, la mère tombait infailliblement malade le lendemain. Tous les organes y passèrent. On évoqua mille et un diagnostics, les meilleurs spécialistes furent mis en échec. Les contrariétés déclenchaient des crises, les rémissions étaient fragiles, tributaires de l'attention qu'on lui accordait. La médecine déclara forfait et Clarence s'installa confortablement dans son rôle de malade, affligée d'une invalidité sélective. Le mari devint alors son infirmier, magnanime, son esclave consentant. Elle l'avait mis au monde et le gardait vivant, occupé à se fendre le cœur à remplir ce puits sans fond, à satisfaire les besoins insatiables qu'il avait vus un soir dans ses yeux. Elle était la malade, mais c'est lui qui en mourut. Il fut victime d'une crise cardiaque, le cœur n'y étant plus.

Bernadette se rappellait très peu des événements de son enfance et même de son adolescence. Ses souvenirs étaient flous, la grisaille générale semblait colorer ces époques de sa vie. Elle se souvenait d'un père qui se tuait à la tâche pour faire vivre sa famille et maintenir vivante une femme qui dépérissait dès qu'il posait les yeux ailleurs. Elle se rappellait d'une mère souffrant d'inanition affective dont la survie immédiate dépendait directement de son entourage. Bernadette reconnaissait que ce scénario familial ne laissait pas de place pour une enfant, celle-ci étant déjà prise. Bernadette avait sauté complètement cette étape de l'enfance et personne n'avait souligné sa précocité. C'était dans l'ordre des choses, c'était ce qu'on attendait d'elle. Elle n'avait pas dix ans qu'elle s'organisait seule et tenait maison, comme une vraie petite femme, aux dires de son père. Il avait quand même remarqué ce sens prématuré des responsabilités de sa fille et il avait vanté à qui mieux mieux cette exceptionnelle maturité.

CHAPITRE 9

Eve et Bernadette, deux femmes qui souffraient, qui en arrachaient, avaient en quelque sorte des destins parallèles. La vie de Bernadette avait été chambardée par la mort de sa mère et elle avait toujours du mal à retrouver son équilibre alors qu'Eve, de son côté, se voyait forcée, bien malgré elle, de se remettre en question, exercice pénible et mortifiant. Elle avait souvent envie de faire comme son mari, de fuir et de s'inventer des raisons nobles pour se justifier. Mais elle persistait, voulait sincèrement aider David. Les rencontres avec Bernadette commençaient à porter fruit. Elle observait étroitement son fils et captait de plus en plus souvent un regard, un sourire, une mimique, une attitude qui lui rappelait l'enfant délicieux qu'il avait été avant son entrée à l'école.

La première grossesse d'Eve avait été une mauvaise surprise; elle suivait la méthode du calendrier mais son corps en suivait apparemment une autre. L'avortement était exclu. Le couple avait planifié quelques années de vie à deux; Monsieur pourrait poursuivre ses études supérieures sans trop de souci et Madame pourrait accepter un poste de diététicienne qu'on lui offrait à l'hôpital. De plus, pour élargir ses horizons, le couple pourrait voyager pendant les vacances. Et avec un peu de chance, ils pourraient s'offrir le luxe d'un séjour *stage d'étude* à l'étranger.

Mais le destin en avait décidé autrement. Elle eut une vie à deux, non pas avec son mari mais avec son bébé. Le père avait poursuivi ses études alors qu'elle appliquait ses connaissances en nutrition dans sa cuisine, aux biberons et aux purées. Il avait élargi ses horizons dans des lits étrangers et elle, dans ses rêveries.

Eve Lemieux avait mis toutes ses énergies au service de son enfant, s'était consacrée à son rôle de mère corps et âme, s'appliquant consciencieusement à devenir une mère parfaite, donner le meilleur, tout le temps à cette fille qui répondait merveilleusement bien à ce traitement. Annabelle était une enfant magnifique et très gratifiante. Le père était tout à fait séduit. Il croulait d'admiration devant cette enfant délicate, sensible, qui répondait exactement à tous ses désirs; elle était sa princesse.

La deuxième grossesse fut tout aussi imprévue. Un rapprochement accidentel, facilité par le rhum, la chaleur des tropiques, la farniente des vacances et l'absence de leur fille. Cette fois, ce fut pour elle une heureuse surprise. Elle voulait un autre enfant et désirait ardemment un garçon. Et elle fut exaucée.

Elle lui avait donné le sein à demande, passé des heures à le bercer, le cajoler et à le chouchouter. Les débuts scolaires de son aînée lui avaient laissé beaucoup de temps libre et elle avait été toute entière disponible pour ce petit homme qui engloutissait comme un dû tout cet amour intarissable. Elle avait été à son service, à l'affût de ses désirs, empressée d'y répondre et de les satisfaire avant même qu'il ne les ait ressentis.

David avait été un petit roi, gavé et comblé par une mère généreuse, heureuse d'être à son service. Elle avait inventé des jeux pour l'amuser, lui avait raconté des histoires, lui avait enseigné ce qui l'intéressait; elle lui avait expliqué patiemment les choses. Il avait tout gobé. Cet enfant avait été adoré et adorable; ils avaient eu l'un pour l'autre une adoration mutuelle. Cela avait été l'amour fou!

David avait appris tellement vite et tellement bien que la fréquentation d'un jardin d'enfants s'était avérée superflue.

Mais le départ de la maison pour l'école avait tout brisé. Cela avait été pour tous deux une véritable peine d'amour qui leur avait laissé le cœur en charpie, une rupture amoureuse douloureuse. Alors qu'Eve se mourait d'ennui à la maison, David avait vécu la même chose à l'école; chacun se sentait seul, abandonné par l'autre.

A travers ses jeux avec Bernadette, David exprimait clairement son refus absolu de vieillir. Il était impératif pour lui de rester petit, de revenir ainsi à cette période de félicité, de recréer cet état de béatitude. En cette époque passée, il avait été gorgé de bonheur et sa mère avait été si heureuse. Mais le charme avait été rompu par son entrée à l'école. Dès lors, sa maman avait perdu le sourire. Tout cela était donc de sa faute. Il l'avait abandonnée et, seule, il l'avait sue malheureuse et triste. La vie à l'extérieur de la maison lui faisait peur mais il enviait les autres enfants qu'il côtoyait, qui savaient jouer entre eux, qui s'amusaient ensemble follement, insouciants et libres eux de n'être que des enfants.

David appréciait de plus en plus les séances avec Bernadette. En plus de lui épargner l'école, cette heure qui était sienne était des plus précieuses. Il disposait d'une adulte désintéressée qui le considérait et le traitait comme un être à part, unique et important. De plus, elle l'écoutait vraiment et était toujours attentive à ses pensées et à ses désirs. Ce qu'il disait était toujours légitime et correct même lorsqu'il s'agissait de conneries ou de méchancetés. Elle ne le rabrouait pas. Peu à peu, au fil des entretiens, les personnages trouvaient leur place dans la maison. David apprenait progressivement à être lui-même. Il changea à vue d'oeil et cette transformation s'étendit à l'école où les progrès furent presque spectaculaires.

A la suggestion de Bernadette, les parents déboursèrent de l'argent pour que David ait l'aide supplémentaire d'un professeur privé et cela accélèra les progrès. En fin d'année, David avait rattrapé presque tout son retard et sa promotion fut assurée. Le père jubila alors que la mère se demanda pourquoi elle était est encore si triste.

CHAPITRE 10

Les vacances d'été approchaient à grands pas. Bernadette réalisa avec effarement qu'elle n'avait rien prévu. Les autres années, la question ne se posait pas. Sa mère devait séjourner au bord de la mer un mois chaque été pour refaire ses forces, forces qu'elle perdait Dieu sait où. Bernadette avait tout naturellement pris la relève après le décès du père et assuré le service. Un mois complet, officiellement en devoir, elle devait être d'une disponibilité totale et cela en paiement d'une dette contractée parce que cette femme lui avait donné la vie. Sa mère le lui rappelait d'ailleurs souvent, sous-entendant qu'il allait de soi que Bernadette lui sacrifie la sienne.

Aux yeux de sa mère, il s'agissait là d'un contrat à vie rédigé unilatéralement mais qui, curieusement, engageait l'autre partie; qui plus est, ce contrat était terrible car sa résiliation pouvait s'avérer particulièrement onéreuse. Pour que la mère vive, la fille devait être sacrifiée. Elles formaient toutes deux un drôle de tandem: deux siamoises avec un seul cœur, deux corps, une âme, un intérieur; la séparation serait fatale pour l'une d'elles. L'image d'un arbre enseveli sous une énorme plante parasite dévorante qui l'étouffe et l'asphyxie, habitait Bernadette.

Les séjours au bord de la mer, toujours au même hôtel dans la même suite, s'étaient répétés année après année, dispensant Bernadette encore une fois de l'occasion de faire ses propres choix.

Prise de court, à la dernière minute, toujours indécise, Bernadette acheta un billet d'avion pour l'Europe. Elle partit seule, presque paralysée par la peur de l'inconnu. Elle fonça malgré toutes ses appréhensions et réussit chaque jour de mieux en mieux à affronter toutes ces nouveautés. Le périple devint un peu moins terrifiant. Ce voyage fut un pur ravissement; elle fit des découvertes quotidiennes d'un monde étranger certes, mais vivant et excitant. Ce fut un voyage de découvertes intérieures et extérieures. Elle le prit et le dégusta comme un vrai tonique, une potion magique capable de ressusciter la morte qu'elle était presque devenue. Bernadette revint au boulot ragaillardie, renouvelée, plus forte pour entreprendre une autre année qui serait assurément très exigeante.

A son retour au bureau, parmi les dizaines de messages, elle trouva celui de la mère de David qui apprécierait un coup de fil dès son retour. C'était, précisait-elle, relativement urgent.

Bernadette était perplexe. Début juin, la thérapie avait cessé. La situation s'était passablement redressée; il lui avait alors semblé que le tout était bien enclenché et suffisamment solide pour rester sur la bonne voie. Habituellement, ses perceptions à ce niveau étaient assez justes. Que s'était-il donc passé ? S'était-elle gourée ? Avait-elle mal évalué la situation ? Elle prit le téléphone et, ce qu'elle entendit la força à admettre qu'effectivement, elle s'était trompée.

David allait de mieux en mieux, il était méconnaissable et on ne s'inquiètait plus du tout de lui. Là n'était pas le problème qui préoccupait madame Lemieux ce jour là.

A la mi-juin, Eve Lemieux avait amené sa fille Annabelle au magasin pour lui acheter un nouveau maillot de bain. Annabelle avait été très réticente. Aux dires de la jeune fille, le maillot de l'an dernier lui convenait parfaitement d'autant plus qu'elle n'avait pas l'intention de se baigner cet été-là. La mère fut intriguée par cette réaction inusitée : refus de nouveaux vêtements, refus de baignade, laissaient présager qu'il y avait erreur sur la personne. Eve y avait regardé de plus près, n'avait plus reconnu sa fille, que du reste, elle ne voyait plus depuis belle lurette.

Mais maintenant qu'elle était plus attentive, une foule de détails perçus puis négligés prenaient de l'importance et des phrases enregistrées puis oubliées remontaient à la surface. Tout cela avait débuté quelques semaines plus tôt. La mère s'était rappelé l'intérêt de sa fille pour une diète visant à éliminer les livres en trop aux hanches et aux cuisses. Elle avait trouvé pour le moins surprenant cet engouement soudain et marqué pour une saine alimentation, ce qui constituait, force est de l'avouer, un revirement surprenant. Eve Lemieux s'était rappelé aussi des absences répétées de sa fille lors des repas pris en famille. Les prétextes avaient été crédibles, acceptés sans sourciller et sans qu'on y regarde de plus près. Annabelle avait aussi récemment développé un goût pour la cuisine. Elle fricotait de plus en plus de petits plats, surtout des desserts. La tâche de la mère s'en trouvait d'autant diminuée et elle soupirait d'aise. Elle avait été fort heureuse également lorsque sa fille lui avait appris qu'elle n'était plus aussi certaine de vouloir poursuivre une carrière en danse, même si elle avait travaillé très fort pour gagner ses galons et être admise à l'Ecole supérieure de ballet. Elle songeait dorénavant à se diriger en diététique. Elle consultait les manuels qui se trouvaient toujours à la maison et lisait toutes les nouveautés dans le domaine.

La famille avait dû maintenant se rendre à l'évidence. Annabelle avait perdu beaucoup de poids. Elle s'habillait différemment cachant sa maigreur sous des vêtements informes et trop grands. Toujours aussi aveugle, son entourage s'était contenté de gémir sur la laideur de la mode du jour, de style guenillou, et avait conclu à une lubie d'adolescente qui voulait être comme les autres et qui se conformait au manque de goût du groupe.

Mais l'épisode du maillot avait ouvert les yeux des parents qui s'étaient évertués par la suite à tenter de persuader Annabelle de rencontrer un médecin. Niant tout au début, la jeune fille avait fini par admettre qu'elle était allée un peu loin dans son régime. Elle était néanmoins tout à fait certaine qu'elle pouvait renverser la vapeur et reprendre rapidement les quelques livres qui la rapprocheraient d'un poids convenable. Elle avait réussi à convaincre ses parents et avait continué de maigrir.

La mère était maintenant très inquiète. Le père essayait d'être rassurant. Lui, il ferait entendre raison à sa princesse puisqu'elle l'avait toujours écouté. C'étaient de vieux complices, toujours sur la même longueur d'ondes.

Ni l'inquiétude de la mère ni la fausse assurance du père ni les promesses de l'adolescente ne changèrent quoi que ce soit et l'état d'Annabelle avait continué de se dégrader. Les tactiques s'étaient raffinées. La mère y était d'abord allée avec la douceur, sans résultat aucun. Elle était ensuite montée à l'assaut avec le chantage; le tout avait été arrosé de larmes, pour ajouter du poids à l'argument.

Le père avait sélectionné des armes qui lui étaient plus familières: d'abord la flatterie, puis le charme. Mais ce fut l'échec total.

Ils avaient déclaré forfait; à leur insu, leur fille avait complètement changé. Ils s'étaient butés à une adolescente entêtée, braquée, qu'ils ne pouvaient plus manipuler à leur gré. Perdus, désorientés, ils avaient échoué jour après jour dans leurs tentatives de reprendre le contrôle. La tension avait monté dans la maison, ça avait craqué de partout.

Finalement, la mère avait fait une crise de larmes mémorable, le père lui avait damé le pion par une colère noire et Annabelle avait été amenée chez le médecin à son corps défendant. Un diagnostic d'anorexie avait été posé, confirmé par les quelques examens de laboratoire qui avait complété l'évaluation médicale. On avait recommandé à Annabelle et à sa famille une consultation chez un spécialiste.

Bernadette se demanda quelle sorte de bibittes elle avait dans la tête pour être revenue se fourrer dans un guêpier pareil alors qu'elle était si bien en vacances. Trêve de plaisanterie, d'enfantillage ! Elle retrouva son bon sens et se remit aussitôt au travail pour démêler cette histoire et tenter de comprendre comment cette nouvelle donnée s'insérait dans le tableau qu'elle croyait avoir déchiffré.

CHAPITRE 11

Malgré ses demandes, Bernadette n'avait jamais réussi à rencontrer Annabelle, toujours prise par d'autres activités de plus grande importance. Après plusieurs invitations déclinées, elle avait conclu que cette enfant avait un horaire qui rivalisait avec celui du président de la General Motors, tant et si bien, qu'à un moment donné, elle cessa de réitérer son offre.

Lors de ses rencontres précédentes avec Bernadette, Eve Lemieux avait parfois parlé de sa fille surtout en termes négatifs. Annabelle était à ses yeux une enfant qui ne demandait rien, qui ne dérangeait pas et qui ne leur causait pas d'inquiétude: une quasi non existence rassurante valorisée par Madame. Quant au père, qui avait cru bon aujourd'hui d'assister à la rencontre, il parlait d'une jeune fille talentueuse, dynamique, ambitieuse et compétitive. Il était, disait-il, déjà ébloui par la femme superbe en devenir.

Bernadette avait devant elle une adolescente trop grande, trop maigre, qui affichait un air dégagé pouvant faire illusion. Annabelle avait la situation bien en main; tout était sous contrôle. Elle était cette fois venue de son plein gré pour qu'on dise à ses parents qu'ils s'énervaient pour rien, tout comme l'autre médecin rencontré antérieurement. Elle n'était pas malade, et surtout pas dans la tête. Elle avait recommencé à manger normalement et cela se traduirait incessamment par une prise de poids substantielle.

Le discours des parents était tout autre. Annabelle ne mangeait à peu près rien. Ils la surveillaient de près, naviguant tant bien que mal entre les promesses, le chantage et les menaces. Mais Annabelle les déjouait systématiquement. Chaque repas dégénèrait en chicane. Mis en échec par leur enfant, les parents rageaient. Plus ils se sentaient impuissants, plus ils serraient la vis. Annabelle, déjà étouffée par le carcan familial, se débattait comme une forcenée pour ne pas succomber à l'asphyxie. Il y allait de sa survie. On l'étouffait sous prétexte de la sauver. C'était de part et d'autre, l'incompréhension totale et l'escalade des hostilités.

Le petit frère, de son côté, ne démontrait aucun intérêt pour cette histoire dont il n'était heureusement pas la vedette. Les réflecteurs étaient dirigés sur sa soeur; il était enfin libéré et en profitait pleinement, il reprenait le temps perdu et s'amusait ferme avec les jeunes de son âge dont il appréciait de jour en jour davantage la compagnie.

La mine renfrognée, le regard dirigé à l'autre bout de la pièce, Annabelle, l'air de rien, ne manquait pas un mot de l'entretien. La version débitée par ses parents était tordue, tout comme eux d'ailleurs. Elle tentait rageusement d'intervenir pour corriger les faits et donner sa version des événements, de ce qui lui arrivait, à elle. Mais à chaque fois, elle était contredite par l'un ou l'autre des parents. Vaincue, elle se taisait, se contentant de leur lancer par la suite des regards meurtriers.

Bernadette fit sortir les parents et exprima à Annabelle son désir de la revoir seule. De plus, elle lui suggèra qu'elles pourraient faire un bout de chemin ensemble et peut-être qu'à deux, il serait plus facile de sortir de cette impasse. Il était parfois utile de savoir s'arrêter pour refaire le plein afin de se sentir mieux préparée à surmonter les obstacles: reculer pour mieux avancer. Elle lui proposa une période de réflexion où Annabelle pourrait évaluer ses lacunes pour, par la suite, mieux les combler. Elle pourrait privilégier un moment d'arrêt pour améliorer ses stratégies, pour développer de nouvelles compétences, pour être davantage en mesure d'affronter les exigences de la vie adulte.

Annabelle demeura immobile, la tête enfoncée dans son manteau qu'elle garda sur elle comme une armure, les yeux rivés au plancher. Elle n'eut aucune réaction apparente. Bernadette ne put que se croiser les doigts et espérer que son offre serait écoutée et entendue. Annabelle accepta en bougonnant un autre rendez-vous et des arrangements furent faits avec les parents pour des rencontres ultérieures.

CHAPITRE 12

Heureusement, c'était son dernier rendez-vous de la journée. Bernadette était vidée, épuisée par la tension qui se dégageait de ce trio. Elle éprouva le besoin de bouger, de faire quelques pas dans son bureau, de se secouer pour se débarrasser de cette pollution gênante qui s'était infiltrée jusqu'à elle. Elle venait de signer tout un contrat. Le travail serait long, ardu et ingrat et les résultats nullement garantis. Il faut vraiment être "maso" pour exercer un métier pareil. Qu'est-ce qui avait pu motiver ce choix de carrière? Quelle idée que de se lancer dans ce genre de rénovation intérieure de haute voltige ?

Bernadette ne s'était pas souvent arrêtée à réfléchir à cette question, trop occupée à aider les autres; peut-être étaient-ils plus intéressants qu'elle ou peut-être était-ce moins risqué pour elle ?

Bernadette se revit petite; elle était une observatrice silencieuse, une enfant dont on oubliait facilement la présence, l'existence même. Elle faisait partie du décor comme un objet qu'on a reçu en cadeau et dont on ne peut décemment se départir. Toute son enfance, elle avait été comme une caméra vidéo laissée en marche et dont on s'était rapidement désintéressé. Elle avait été une sorte de témoin qui enregistre tout ce qui se déroule autour de lui sans que personne ne se préoccupe de cette œuvre en devenir.

Installée aux premières loges, elle avait été une spectatrice discrète mais impuissante au théâtre familial. Le répertoire n'était composé que d'une seule pièce, fade et sans histoire. Le personnage principal omniprésent était invisible; un fantôme, une présence inquiétante qui assombrissait l'atmosphère, rendait l'ambiance malsaine, étouffante. La maladie prenait toute la place; le spectre de la mort créait une angoisse permanente. C'était toujours le même programme: un long film en noir et blanc, des arrière-plans ternes, des gros plans souvent tragiques, une trame sonore triste à faire pleurer.

Un climat pervers où la vie n'avait été que souffrance. Choisir de consacrer sa vie à la souffrance n'avait été alors que l'aboutissement prévisible de ce qui avait précédé. C'était en quelque sorte la deuxième partie d'une tragédie où les rôles étaient changés. La victime avait essayé de se rapprocher des dieux pour conjurer son destin et échapper à la mort.

L'obtention d'un diplôme de médecine avait conféré une légitimité qui était souvent porteuse d'illusion. Aussi, s'était-elle crue mieux outillée pour arrêter le cours de l'histoire ou à tout le moins le ralentir. Bernadette avait été déçue par les études médicales qui, à quelques exceptions près, avaient été à maintes occasions rendues ennuyeuses par des professeurs dont l'enseignement était aussi vivant que les cadavres à disséquer. De plus, les lieux physiques étaient froids et déshumanisés. Bernadette souriait en se rappelant la fois où elle s'était égarée dans cet édifice impersonnel pour se retrouver dans le chenil de la faculté qui s'était révélé le coin le plus animé et le plus vivant de cette horrible bâtisse.

Elle rappela à sa mémoire une grosse boîte grise, laide à mourir. Etaient exclus la moindre concession à la beauté, à l'esthétisme, à l'art, à la créativité, à la création, somme toute, à la vie. Pour Bernadette, le terrain était familier: un milieu stérile, aseptisé, mort. Comme préparation efficace pour le futur métier, on ne pouvait faire mieux ! Quand on sortait de là, on voulait ranimer les morts et on se débattait de toutes ses forces pour entretenir la vie à tout prix. Quelques années dans ce décor avait fouetté les ardeurs de ces futurs combattants pour la vie. C'était une salutaire dose de rappel pour ces élus vaccinés longtemps auparavant par leurs expériences personnelles.

La fréquentation des milieux hospitaliers avait adouci la déception du séjour de Bernadette à la faculté et l'avait réconciliée avec ses idéaux. Le contact étroit avec les malades était exigeant;

côtoyer quotidiennement la souffrance réveillait ses propres blessures et Bernadette voyait plusieurs de ses confrères fuir dans les tâches administratives les malades trop dérangeants: des êtres humains imparfaits, quelle horreur ! Ils se sauvaient en devenant des gestionnaires de papiers, des directeurs d'organigrammes. Il est vrai que ces entités squelettiques, désincarnées étaient moins menaçantes que les vrais malades qui les renvoyaient à leur inconfort ou à leur incapacité d'assumer leur profond malaise vis-à-vis la fragilité humaine.

Bernadette avait choisi les malades et avait laissé à d'autres les grandes œuvres avec toutes leurs pompes.

CHAPITRE 13

Annabelle se pointait fidèlement à ses rendez-vous. Ponctuelle, elle se terrait sous ses vêtements trop grands, comme dans un abri protecteur. Toute l'heure durant, elle se régalait de l'impuissance de Bernadette, qui multipliait vainement ses tentatives pour gagner sa confiance. Elle était aussi chiante qu'une enfant que sa mère n'arrive pas à dompter et à faire chier là où elle le veut et quand elle le veut. C'était une petite emmerdeuse de premier ordre qui donnait envie de la mettre dehors en prenant bien soin de lui préciser que si elle était assez idiote pour se laisser mourir, c'était son choix et c'était tant pis pour elle.

Bernadette se dit qu'au moins, elle ne subissait cette présence éprouvante qu'une heure par semaine. Les parents, eux, dépouillés de leur autorité, s'agitaient sans cohérence aucune, comme un bateau sans gouvernail. Leur recette éducative était périmée; aucune autre n'avait été prévue pour parer à cette éventualité qui ne devait pas se produire. Ils improvisaient et le résultat était pitoyable.

Les affrontements se répétaient à chaque repas. La colère des parents montait en crescendo : une courbe ascendante, image inversée de la courbe de poids de leur fille. C'était une véritable descente aux enfers, à laquelle ils résistaient de toutes leurs forces. Ils savaient confusément qu'ils étaient entraînés inexorablement vers des miroirs intérieurs depuis longtemps profondément enfouis, des miroirs qu'ils ne voulaient plus jamais devoir regarder, des sales recoins placardés qu'ils devraient ouvrir pour les nettoyer. Ils devraient faire face à des démons intérieurs menaçants, mis en quarantaine pour l'éternité et qu'il faudrait malgré eux affronter parce qu'ils n'avaient pas su les exorciser par le passé.

Le père, déjà peu impliqué dans la vie de son fils, était resté à l'écart après la première rencontre avec Bernadette. Le garçon avait toujours été plus proche de sa mère et c'était bien ainsi. Pour sa fille, c'était tout à fait différent. Elle était sienne, il était blessé dans son amour-propre. Elle était son propre amour. Il perdait une fervente admiratrice qui lui vouait un amour qu'il voulait inconditionnel. Et cela lui était inacceptable, il lui en voulait car, à cause de ce qu'il qualifiait de caprice d'enfant gâtée, elle risquait de tout détruire de leur relation de tendresse, de délicieuse complicité.

Alexandre Lemieux ne voulait pas entendre parler de crise d'adolescence; pour lui, ce n'étaient là que des conneries; dans sa famille, tout cela n'aurait jamais pu arriver. On n'avait même pas d'enfance, encore moins d'adolescence. On vieillissait, tout simplement.

Il était le seul garçon d'une grosse famille écrasée par un père dictateur et jaloux qui travaillait rarement mais buvait souvent. L'alcool accentuait ses points forts: il devenait alors brutal, violent, en possession unique de la vérité et plus convaincu qu'à jeun que tous lui en voulaient. Il haïssait le monde entier.

La famille, terme péjoratif pour nommer cette micro-société où, curieusement la minorité masculine imposait sa loi à la majorité féminine, avait mangé de la misère noire. Les victimes d'une aussi triste carence nutritionnelle ont souvent des problèmes de cœur; ils sont en manque.

La mère, passive et servile, subjuguée par son tyran, attendait de ses filles la même soumission au père despote. L'une après l'autre, voulant tour à tour sauver leur peau, elles avaient fui cet univers morbide. Parmi elles, quelques-unes avaient essayé d'entraîner leur mère dans leur fuite, de la sauver malgré elle. Mais celle-ci refusait obstinément de se séparer de cet homme qui la détruisait.

Le fils, Alexandre, à cause de son sexe, avait eu droit à tous les égards et avait profité de façon abusive d'une mère au service de ses moindres désirs. Il avait 15 ans lorsqu'elle était morte. Un cancer sournois avait rapidement complété le travail de destruction du père. La terrible maladie avait rongé à l'intérieur les petits morceaux, encore sains épargnés du carnage paternel. Le saccage avait été

ar il ne restait presque rien à détruire.
dre était mort en quelque sorte et avait été
avec elle.

vait quitté son père, son village et n'avait
revu ni l'un ni l'autre.

vait recommencé une vie nouvelle dans une
ville, anonyme, impersonnelle et il avait
u à coup de petits jobs, mais également de
de bourses. Il avait travaillé la nuit, étudié le
avait finalement été admis à l'université pour
les études de son choix. Ce fut pour lui, une
ance de la vie sur la mort. Il avait vaincu le
is sort et le monde serait désormais à ses

uis la perte de sa mère, Alexandre était resté
maintenant, il était prêt à entreprendre la
me phase de son plan et celle-ci était
up plus facile.

ait tout de suite été attiré par cette étudiante
tique, une jolie fille tombée follement en
vec lui dès leur première rencontre. Ce fut
able coup de foudre. Elle avait réclamé sa
e assidue; il lui avait été indispensable. Elle
ganisé sa vie pour passer le plus de temps
près de lui. Il était devenu un habitué de la
et avait goûté aux plaisirs de la vie
se. Il avait su immédiatement qu'il était un
is-né et son mariage rapide allait être la

consécration de son entrée dans le seul milieu social qui lui convenait. Il avait endossé avec grande aisance cette nouvelle identité.

Il n'avait jamais vécu autrement.

CHAPITRE 14

Bernadette était très inquiète. Elle avait libéré en fin d'après-midi une jeune femme amenée à l'urgence plus tôt, bourrée de médicaments divers. Linda Ratté avait attrapé tout ce qui traînait dans la pharmacie, une sorte de grand ménage. Dès son arrivée, on lui avait vidé l'estomac. Physiquement, elle n'était pas trop mal en point. Mais côté cœur, c'était même plus des miettes, c'était de la bouillie. Comment Bernadette pouvait-elle penser à recoller les morceaux ?

Son mari lui avait annoncé la vieille qu'il la quittait; bien qu'il fut désolé, il n'y pouvait rien, frappé de plein fouet par une passion foudroyante. Ces gars-là sont toujours foudroyés, jamais électrocutés, se dit Bernadette en son for intérieur. Et elle remit à plus tard ce mystère pour fin de méditation. Sans lui donner le droit de parole, il avait continué sur sa lancée. Connaissant le grand cœur de son épouse, il savait qu'elle le comprenait. Il serait magnanime, même si ça lui déchirait le cœur. Il lui laisserait la garde de leur deux jeunes enfants qu'il viendrait visiter à sa guise. Sa situation économique s'était détériorée ces derniers temps mais il ferait son possible pour l'aider.

Traduction simultanée: il la larguait pour une autre femme. Linda Ratté se retrouvait avec deux enfants en bas âge sur les bras et probablement aucun revenu. Elle devrait retourner sur le marché du travail, abandonner ses petits à des gardiennes. Cette seule perspective l'épouvantait. La pensée d'un retour forcé sur le marché du travail lui glaçait le sang dans les veines. Revivre les affres du marché de la rencontre et au rayon de l'usagé en plus était au-dessus de ses forces. Jamais! C'était trop humiliant !

Elle s'était mariée pour la vie, le mariage avait sombré, emportant sa vie dans le naufrage. Là-dessus, qu'on la laisse couler ! Le poids de sa douleur l'entraînerait vers des profondeurs où l'on ne sentait plus rien. Elle n'en voulait pas de toutes ces responsabilités dont elle héritait sans même un préavis. Non, ce n'est pas pour elle que les Olympiques de la monoparentalité. Qu'ils gardent leurs médailles! Qu'on la laisse mourir en paix! Elle refusait l'héritage et déclarait forfait.

Pour Bernadette, ce n'était qu'une autre triste variante d'un drame entendu des dizaines de fois. Mais une fois de plus, elle dut trouver les mots porteurs d'espoir qui mettraient un peu de baume sur cette plaie vive, le temps de la guérison. En attendant, elle devait lui offrir son support et entretenir son espoir. Un véritable bouche-à-bouche psychologique, une prise en charge jusqu'à ce qu'elle ait au moins envie de tenter sa chance avant d'abdiquer.

Linda Ratté aurait profité d'un court séjour à l'hôpital pour s'abandonner aux mains de quelqu'un d'autre, un genre de respiration assistée le temps de reprendre son souffle. Mais, faute de lits disponibles, Bernadette avait dû la retourner chez elle en compagnie de l'amie qui l'accompagnait. Elle pensa au drame de Linda toute la soirée. Etait-ce mieux de vivre seule ? C'était tout au moins un moyen de se prémunir contre ces rejets douloureux.

Bernadette constata qu'elle avait perdu cette tranquille assurance qu'elle affichait dans le passé. Il lui était alors facile d'ergoter sur les avantages du célibat: moins de contraintes, moins de compromis, plus de liberté d'action et de mouvement sans oublier le plus grand avantage, aucun danger d'être abandonnée. Elle se prononçait alors sans hésiter sur la question; mais son expertise, toute théorique, avait fondu avec la pratique. Depuis qu'elle vivait seule, elle n'était plus certaine de rien.

Bernadette n'arrivait pas à s'accoutumer vraiment à sa solitude. Sa vie semblait plutôt bien réorganisée mais un malaise persistait. Elle évitait de s'y arrêter. Quand ça lui arrivait, elle avait le cœur serré et une peur bleue de revivre un autre épisode de panique, une expérience traumatisante et inoubliable. La peur de mourir ressentie alors avait réveillé en elle des souvenirs désagréables, des sensations inconfortables, beaucoup d'amertume et de colère. Ses certitudes étaient aujourd'hui ébranlées et elle désirait pouvoir repousser aux calendes grecques une remise en question trop dérangeante.

Bernadette alluma le poste de télévision. Elle se sentit moins seule et elle se concentra sur l'histoire insignifiante qui s'y déroulait. Ses inquiétudes furent reléguées à l'arrière-plan et, plus détendue, elle se coucha en se disant que oui, tout irait bien. Elles s'en sortiraient toutes, elle et toutes ces femmes qu'elle côtoyait. Le lendemain, elle revoyait Annabelle. Elle faisait des progrès et elle pouvait se permettre d'espérer.

CHAPITRE 15

Annabelle avait rentré ses griffes millimètre par millimètre. Elle enleva son manteau, sourit à Bernadette et déblatèra contre ses parents qui étaient toujours sur son dos. Ils la surveillaient sans relâche et la maison était désormais pour elle une vraie prison. Elle avait droit à des sermons, des discours, des conseils dont elle ne voulait pas. Ses parents étaient diserts à souhait, mais toujours à contre-temps; ils étaient complètement sourds devant les tentatives maladroites de leur fille de leur faire part de ce qu'elle vivait. Ils faisaient tout de travers, résuma Annabelle qui, après cette vidange libératrice, parla d'elle timidement, de ses peurs de vieillir. Les autres filles de son âge avaient toutes sortes d'habiletés dont elle se disait totalement dépourvue. Personne ne s'en apercevait, elle cachait bien son jeu mais elle ne se leurrait pas et elle savait qu'elle était d'une incompétence supérieure. Elle se considèrait comme une véritable retardée des choses de la vie. C'était comme tout à coup de devoir passer de la maternelle à l'université. La marche était trop haute et pour compliquer le tout, son corps avait perdu la raison. Ce corps allait de l'avant à toute vitesse comme s'il avait le feu au cul. Il se transformait sans se rendre compte que la petite fille qui l'habitait était laissée pour compte loin derrière, tout à fait incapable de suivre. A travers la nourriture, Annabelle avait finalement repris le contrôle et elle s'était juré qu'il ne lui échapperait plus jamais.

A la maison, on avait célébré ses premières menstruations par un repas gastronomique qu'avait mitonné Eve, la bonne élève qui avait toujours suivi à la lettre les préceptes des experts en éducation qui pondent des livres de recettes comme elle les aime. Ces bouquins étaient truffés de directives précises et, si on les suivait religieusement, le résultat était assuré. A quelques heures d'avis, tout avait été mis en place pour la fête, une cérémonie officielle, un genre de graduation, remise de cadeaux incluse.

Annabelle était désormais dotée d'un grade dont elle ne voulait pas. Elle était d'ores et déjà décrétée officiellement femme, intronisée dans un monde dont elle ne voulait surtout pas faire partie. Du moins, pas pour le moment. Son souper, elle se promettait bien de le faire ravaler à sa mère qui n'avait pas le droit de divulguer ses secrets. Elle le lui ferait payer cher. Elle lui avait déjà donné un premier acompte car elle n'avait pas mangé une seule bouchée de ce magnifique repas de "fête".

Annabelle comprenait qu'avec le début des menstruations, son corps lui signifiait qu'il n'en faisait qu'à sa tête. Et elle, devant cette affirmation, elle ferait tout pour le remettre à sa place. Privé de nourriture, soumis à des exercices exténuants, il n'aurait pas d'autre choix que de battre en retraite. Elle faisait la sourde oreille à ses messages. Pauvre corps, il se mourait de faim, il voulait des gâteaux et des gâteries. Elle le faisait taire avec des images de garde-manger, de repas plantureux et avec aussi des bilans caloriques.

En apparence, Annabelle faisait semblant de tenir compte des conseils qu'on lui prodiguait; dans sa tête, elle s'était fixé un objectif. La barre était très haute mais elle était déterminée à ne pas faire de compromis. Elle ne céderait pas d'un gramme. «On n'est jamais trop mince» et ce n'était tout de même pas elle qui avait inventé cet énoncé !

Chapitre 16

La vie d'Eve Lemieux était totalement déstabilisée par la maladie de sa fille. Elle qui avait toujours eu un intérieur parfaitement ordonné, elle était désormais maîtresse d'une maison frappée par une tornade qui avait tout désorganisé. C'était bien plus qu'un désordre désagréable mais passager qu'on peut oublier lorsque tout a repris sa place. Eve Lemieux avait perdu à jamais la sécurité rassurante qui découle de la conviction qu'on est irréprochable.

Elle avait subi une secousse tellurique, un tremblement de terre qui avait ébranlé jusqu'à ses fondations. Et maintenant des failles souterraines émergeaient à la surface et devenaient visibles comme d'horribles verrues au milieu du visage, désormais impossible à cacher, à ignorer.

Avec l'aide de Bernadette, Eve Lemieux accepta de regarder ce qu'elle qualifiait de beau gâchis. Elle rageait. Après tant d'efforts mis à construire une œuvre avec les seuls matériaux et les seuls plans qu'elle connaissait, elle se retrouvait devant un château de cartes qui s'écroulait. Cependant, elle était assez honnête pour avouer porter à sa fille une certaine admiration, mêlée à une pointe d'envie, cette fille qui, elle, osait se rebeller, qui risquait sa vie pour gagner le droit de la vivre.

Privée de ses principes rigides et sécurisants, Eve Lemieux était perdue, incapable seule de discernement. Sa fille avait besoin par moment d'une acceptation inconditionnelle. L'instant d'après, elle fonçait brutalement sur sa mère pour l'écraser, l'éloigner. La mère devait alors être assez forte pour encaisser un moment la douleur du choc et l'instant suivant, la douleur de l'arrachement d'une séparation trop tardive. La minute d'après, la mère devait redevenir l'abri protecteur où sa petite pouvait revenir se blottir, se renforcer pour mieux porter le coup suivant et agrandir la déchirure.

Cela lui rappelait les contractions douloureuses et épuisantes du travail avant l'accouchement, un va-et-vient pénible, angoissant, d'autant plus qu'on ne lui fournissait ni recette ni mode d'emploi. Il n'y avait pas de manuel de survie à consulter. La mère devait naviguer à vue sans instrument, suivre le courant avec ses rapides et ses remous plutôt que de chercher à le contrôler. Elle et sa fille étaient ballottées par une mer houleuse et, avec l'aide de Bernadette. Eve Lemieux devait les maintenir à flot jusqu'à la fin de la tempête, malgré ses maux de cœur. Eve avait "le mal de mère" et elle s'accrochait à Bernadette comme à une bouée pour surnager, prévenir les faux mouvements qui allait la faire sombre davantage, la rattraper quand elle calait, la ramener dans la bonne direction quand elle s'égarait.

Eve Lemieux traduisait en image ce qu'elle comprenait de l'épreuve qu'elle traversait. Sa fille n'était pas prête pour prendre la route de la vie. On la lui retournait pour compléter le travail, effectuer les réparations et la remettre en marche, bien équipée cette fois. Bernadette était là pour la guider, la supporter, mais c'était quand même elle qui devait faire le travail. Annabelle avait été une enfant non désirée, acceptée et élevée dans le devoir; c'était une enfant acceptée par la tête, élevée par la tête et qui se retrouvait maintenant aux prises avec un grave problème avec son corps qui n'en pouvait plus et voulait qu'on tranche la question une fois pour toute. Est-ce qu'on souhaitait qu'il vive ou qu'il meure ?

La mère sentait son cœur défaillir à l'idée de ne plus avoir cette enfant qui se mourait d'être morte dans son corps. Mais cette fois, elle avait choisi d'avoir cette fille, elle serait sa mère et elle mettrait tout son cœur à l'ouvrage pour réussir cet accouchement.

CHAPITRE 17

Le père était profondément ulcéré et vivait la maladie de sa fille comme un affront personnel. Annabelle le décevait grandement. Cette trahison entachait son palmarès. Elle était la première à se soutirer à son emprise. Elle ne lui adressait plus la parole, sauf pour l'enjoindre de s'éloigner d'elle. La dernière fois, elle l'avait tellement poussé à bout qu'il l'avait giflée de toutes ses forces.

Toute la famille en avait ressenti le choc et demeura longtemps abasourdie par ce que ce geste impulsif avait révélé. Depuis, le père s'était subitement retrouvé avec un surplus de travail et il rentrait rarement à la maison.

Eve Lemieux, de son côté, avait du mal à dormir car elle sentait que le temps pressait. Son esprit poursuivait nuit et jour le travail de reconstruction mis en branle lors des entretiens avec Bernadette. Elle mettait tout en œuvre pour réussir cette grossesse tant désirée cette fois, et avec courage, elle reprit le travail bâclé avec la ferme intention de ne pas rater son coup une deuxième fois. Quant à l'absence de son mari dans son lit, elle n'avait maintenant plus d'importance.

Très tôt après son mariage, le père promu professeur avait exercé son charme ou son pouvoir, c'était quelque peu synonyme, sur ses étudiantes. Chacun y trouvait son compte. Elles gonflaient son ego, il gonflait leurs notes. La fin des études signifiait l'arrivée d'une nouvelle recrue, toujours aussi jeune, naïve et reconnaissante.

C'était le côté secret, la face cachée d'une carrière menée tambour battant avec la finesse et la rouerie d'un général d'armée. Les stratégies d'avancement connues des initiées avaient été suivies à la lettre. «Tu flattes à gauche, tu encenses à droite. Tu te fais voir là où c'est rentable; tu rédiges tes propres communiqués de presse car on n'est jamais si bien mis en valeur que par soi-même. Tu protèges ton voisin pour qu'il fasse de même pour toi et tu choisis tes assistants judicieusement. Voilà le crédo d'un vrai racket de protection pour intellectuels.

La machine programmée pour le porter au sommet l'avait bien servi jusqu'à maintenant. La désintégration de sa famille pourrait lui faire du tort; aussi lui fallait-il prévenir les dégâts et ramener sa fille à la raison. Elle l'écouterait, arrêterait ses folies, sinon il ne répondrait plus de rien.

Il devait parer au plus urgent pour mieux limiter les pertes. Il avait trop investi dans son image de réussite pour tolérer qu'une enfant la barbouille avec la merde qu'elle s'amusait à étendre autour d'elle.

Tout à coup, le flash d'une image saisissante lui revint à l'esprit, un vieux souvenir oublié depuis des lustres. Sa femme et lui revenaient d'une soirée mondaine. La gardienne, une fille obèse, étalée confortablement dans sa graisse, s'empiffrait de cochonneries en regardant des inepties à la télévision. A peine rentrés, ils s'étaient rendus à la chambre de leur petite fille; assise dans son lit, elle était en train de manger son caca. Il y en avait partout. Ce souvenir dégoûtant lui revirait le cœur encore aujourd'hui.

Il se souvint d'avoir hurlé, traité l'enfant de petite salope, chassé la gardienne, se retenant de la traiter de grosse salope. Il avait signifié clairement à son épouse qu'elle était responsable de s'assurer que ce genre de scène disgracieuse ne se répète jamais. La mise en garde avait été salutaire. Ce fut un coup de barre donné au moment opportun. Annabelle s'était développée sans histoire par la suite. Il fallait à nouveau se conduire en maître et reprendre les choses en main.

Il avait rencontré Bernadette à quelques reprises mais, malgré de sincères efforts, la situation continuait de lui échapper. Il blâmait tour à tour les camarades de sa fille, les professeurs, le système scolaire, cherchant un coupable, le responsable de la catastrophe qui mettait son univers en péril. Il lui fallait identifier un ennemi sur qui il pourra diriger sa colère.

CHAPITRE 18

Eve Lemieux se rappella cette matinée comme si c'était la veille mais il y avait déjà plus de dix ans. Elle était enceinte de son fils. Une étudiante à la maîtrise s'était présentée à la maison le matin pour lui apprendre qu'elles se partageaient le grand homme, son directeur de thèse. Juste avant sa visite, il avait convoqué la jeune fille à son bureau. Il lui avait annoncé fièrement qu'elle avait été reçue avec brio à l'examen. Elle l'avait remercié avec une mise en demeure. Elle avait exigé désormais un contrat d'exclusivité amoureuse. Généreuse, elle avait condescendu à lui laisser vingt-quatre heures de réflexion, de sursis.

Son gros ventre avait aidé Eve à se maintenir en équilibre, suffisamment pour l'empêcher de s'écrouler. La compétition était sérieuse, une jeune jument superbe, une crinière débridée, des pattes et un corps prometteurs d'excitantes chevauchées.

L'ultimatum avait été servi à son mari; c'est elle qui avait pris la décision et, deux heures plus tard, toutes ses affaires étaient déménagées dans son bureau où il y avait déjà un divan qui ferait aussi office de lit.

Il négocia avec sa pouliche qui se laissa attendrir et allongea le sursis. Alexandre Lemieux rentra à la maison. Aucune parole ne fut dite. L'incident était clos. Pour toujours.

CHAPITRE 19

La première patiente que Bernadette voyait aujourd'hui était la vieille dame aux cadeaux empoisonnés, rebaptisée "la vieille dame au fils indigne". L'épisode confusionnel avait été aigu, un bref intermède de douce folie, l'excuse opportune pour se pardonner d'avoir divulgué un secret devenu trop lourd à porter seule. Ce n'était pas son cerveau qui était ramolli mais la solidité de sa conviction que son fils était aimant, dévoué et généreux qui était gravement ébranlée. C'était très affligeant d'admettre que son enfant avait de bien vilains défauts car le corollaire inévitable était assez gênant. C'était tout de même elle qui l'avait engendré et élevé.

Elle avançait prudemment dans cette nouvelle lecture de ce qu'avait été sa vie. De toute façon, à son âge, elle avait tout son temps. Ce qu'elle avait découvert chez son fils se reflétait sur elle et, admettre qu'elle avait pu se tromper autant et aussi longtemps, l'épuisait. Elle poussait sa réflexion jusqu'à l'intolérable et, rendue là, elle perdait la mémoire, le temps de reposer son cœur de mère qui prenait un coup de vieux à chaque nouvelle révélation.

Bernadette était émue par son courage et anticipait ses rencontres avec la vieille dame, elle qui avait toujours été mal à l'aise avec les vieilles personnes auparavant. C'était tout de même époustouflant d'être témoin d'un tel acte de bravoure. Elle devrait être décorée, la vieille dame. Se remettre en question dans le dernier droit de sa vie, réévaluer ses certitudes pour rectifier le tir même si les risques étaient élevés. Bravo, c'était une vrai championne !

CHAPITRE 20

L'avant-midi se termina sur une note moins optimiste. Linda Ratté glissait lentement mais sûrement dans les statistiques des gens démunis. Elle était devenue un chef de famille appauvri par une séparation imprévue, imposée, impossible à accepter. Elle n'avait rien fait qui justifiait un tel rejet. Elle se voyait condamnée aux travaux forcés alors qu'elle n'avait commis aucun crime qui mérite un tel châtiment. Elle refusait obstinément le lot dont elle héritait; elle devrait désormais courir de façon effrénée le matin pour déposer ses petits, endormis, hébétés, à la garderie, alors que le soleil était à peine levé. Il lui faudrait encore courir pour attraper l'autobus qui l'amènerait au travail. Et elle devrait disposer de son heure de lunch pour faire des achats pour parer aux urgences du quotidien et elle devrait recommencer le tout en sens inverse en fin de cette première partie de journée. Sa vie se résumerait à une course à relais mais il n'y avait personne pour prendre le relais.

Au retour à la maison, elle devrait se taper la préparation des repas, l'entretien ménager, les bains, la narration des histoires avant le dodo, et faire tout ça avec le sourire et la patience, sans oublier de faire de l'écoute active.

Pour assaisonner cette routine épuisante et abêtissante, il y avait aussi les visites inopinées chez le médecin, les rendez-vous chez le dentiste, les nuits blanches à cause de la gastro de l'un et de l'otite de l'autre qui ne voulait pas être en reste. Un marathon dont on ne voyait jamais la ligne d'arrivée. Elle s'écrasait, assommée, à la ligne de départ et refusait de continuer.

Supportée par son entourage, elle avait de temps à autre des soubresauts, des hoquets d'espoir qui s'estompaient trop vite. Et comme une voiture abandonnée au froid, elle ne pouvait démarrer seule. Elle avait grand besoin d'apport extérieur, de chaleur et d'énergie pour pouvoir se remettre en marche et avancer.

La seule pensée de la vie qui l'attendait réveillait en elle une douleur aiguë. Alors, elle suppliait Bernadette de lui prescrire des médicaments qui insensibilisent le cœur, qui lui procurent une anesthésie locale permettant ainsi à l'organe blessé de guérir pendant que le corps fait semblant de vivre et assure le quotidien.

CHAPITRE 21

Annabelle avait rendez-vous dans l'après-midi. Les séances étaient de plus en plus détendues et productives. La jeune fille était désormais capable d'admettre qu'elle avait perdu le contrôle. Elle tentait de régulariser son alimentation pour contrer la perte de poids et ainsi prévenir l'hospitalisation. Le succès était toutefois limité.

Etre le plus mince possible était sa façon de maintenir l'image, le mythe de la perfection, le contenant était le contenu. Manger, grossir, laisser-aller présentaient un risque majeur. Son entourage voulait qu'elle se fasse confiance, qu'elle se libère de cette dépendance assassine, la dépendance à l'image. Mais autant demander à un drogué de vendre sa cocaïne au profit des bonnes œuvres ! On voulait rire, quoi !

Personne n'avait l'air de se rendre compte que ses retards dans l'art de vivre étaient considérables. Plus ou moins habilement, Annabelle faisait illusion. Ses performances extérieures restaient acceptables mais elle était la seule à savoir qu'elle était une sorte d'imposteur, qu'elle pouvait être démasquée à tout moment et qu'alors, on la verrait telle qu'elle était, une incompétente totale, rien de moins.

Pourtant la faim la dévorait. Son corps criait famine, hurlait sans arrêt comme un enfant affamé, abandonné. Annabelle était déchirée; elle se mourrait d'envie de nourrir, d'aimer, de prendre soin de ce bébé emprisonné dans ses entrailles. Elle voulait être sa mère, satisfaire ses besoins, accéder à ses demandes mais c'était trop dangeureux. Ses désirs les plus secrets seraient étalés à la vue de tous et elle en mourrait de honte.

Alors Annabelle avait pris la ferme décision de dompter cette bête, de mater ce corps qui voulait jouir, qui exigeait de la nourriture et de l'amour. Stratège, elle avait développé l'art de la duperie; sans relâche, il réclamait de la chair, alors jour et nuit, elle le trompait et le faisait taire avec des images de bonne chère. Annabelle s'adonnait à l'asservissement par la privation et entretenait le désir par l'illusion et par l'image. Elle était le maître-d'œuvre d'une séduction cruelle et démoniaque !

Bernadette de son côté la tint par la main et, ensemble, elles apprivoisaient la petite fille, cette partie d'elle qui était une inconnue dont elle découvrait l'existence, une enfant morte de peur, carencée, mal nourrie qui criait désespérément pour sortir du marasme, pour recouvrer sa liberté, pour qu'enfin on lui accordât la permission de vivre.

Le jeûne obligeait ce corps si menaçant à revenir en arrière, à se faire plus petit pour se réconcilier avec la petite fille laissée derrière, abandonnée il y avait fort longtemps.

Si l'opération réussissait, ce serait des retrouvailles vitales, salvatrices.

CHAPITRE 22

Il y avait maintenant un an jour pour jour que sa mère était décédée. Bernadette était triste et seule; sa vie était plus simple avant. En effet, elle en consacrait une partie à prendre soin de sa mère et à tenter de la rendre heureuse, ce qui était en soi une tâche illimitée. L'autre partie de sa vie était remplie par son travail. Il n'y avait aucun vide dans son emploi du temps. Désarçonnée par ce départ précipité et imprévu, Bernadette n'avait pas encore retrouvé son équilibre. Le travail étant un remède efficace pour atténuer le malaise, elle en augmentait généreusement la dose.

Pourtant elle faisait l'envie de plusieurs car elle menait une vie professionnelle intéressante, côtoyait des gens évolués, pouvait s'offrir l'essentiel et un certain luxe; elle était en santé, intelligente, libre; bref, elle avait tout pour être heureuse. Bernadette concluait qu'elle devait être une sorte d'handicapée affective, née avec une déformité, une absence du "gène bonheur"; chacun son lot ! Qu'il lui manque le fameux gène était la logique même. Comment ses parents auraient-ils pu lui transmettre ce qu'ils ne possédaient pas eux-mêmes? Même le sens du devoir, la bonne volonté et les bonnes intentions ne pouvaient suppléer à ce type de carence. C'était comme un vice caché dont on commence à soupçonner l'existence dans une maison.

Bernadette rêvait abondamment depuis quelques mois. Au réveil, elle était toujours émerveillée par ses visions nocturnes, comme une enfant à qui on raconte l'histoire de sa vie à travers des personnages, des lieux, des situations fantaisistes. Elle s'arrêtait souvent pour décoder ses folles virées. Ces derniers temps, ses rêves étaient peuplés de maisons mal foutues qui nécessitaient des réparations. Elle voyait des intérieurs délabrés ou des travaux laissés en plan, des toits qui coulaient, ou encore des greniers en fouillis tapissés de fils d'araignée. Plus récemment, des personnages habitaient ces décors déprimants, des jeunes enfants, des bébés un peu perdus.

Ces images étaient-elles porteuses de révélations? Bernadette reconnaissait là le sentiment du propriétaire qui s'évertue depuis toujours à répondre aux appels de détresse de ses voisins et qui, rentrant finalement chez lui, voit, abasourdi, l'état d'abandon de son propre logis. Il retrouve une maison avec une charpente solide mais un intérieur désolant; cet univers ayant été trop longtemps déserté, était devenu très peu hospitalier. Mais que dire des bébés de ses rêves? Elle n'avait jamais jusqu'à maintenant envisagé la possibilité d'avoir des enfants. C'était en effet une option qu'elle n'avait jamais sérieusement considérée.

CHAPITRE 23

De son côté, la mère d'Annabelle faisait son bilan. Plus de quinze ans de vie de couple ou plutôt de cohabitation civilisée. Autour d'elle, les séparations de corps, les divorces à l'amiable pullulaient. Elle ne se racontait plus d'histoire. Elle faisait partie du peloton. Elle vivait une séparation d'âme et une cohabitation à l'amiable. Son fils évoluait bien en dépit de la désorganisation familiale, une consolation qui réanimait ses espoirs pour sa fille.

Toutes les deux, elles étaient engagées dans un voyage, une traversée du désert, un chemin de croix où les trébuchements de l'une faisaient aussi tomber l'autre car elles étaient encore intimement liées. Le chemin à parcourir était inconnu et inquiétant, un véritable labyrinthe. On se butait sur une impasse, on rebroussait chemin, on avançait un peu, on frappait un mur, on reculait, et on s'encourageait mutuellement se disant qu'on allait y arriver et qu'on finirait par trouver la sortie. Chacune avait besoin de l'autre et, tour à tour, prenait les devants pour montrer la voie, retirer les obstacles et raviver l'espoir. Chaque étape franchie les rendait plus fortes et plus en mesure de maîtriser les prochaines difficultés.

Deux enfants perdues en forêt, sans carte, sans boussole, qui s'orientaient tant bien que mal sur le soleil qui n'était pas toujours à l'horizon. Chaque embûche surmontée nourrissait leur courage; elles s'enhardissaient à mesure qu'elles maîtrisaient une situation problématique. Elles apprennaient la survie en forêt in vivo, pas à travers des cartes postales où la réalité est maquillée par des artifices. Si elles s'en sortaient, elles seraient des êtres différents, nouveaux, qui se savent capables de relever tous les défis. Et à partir de ce moment là, plus rien ne leur ferait jamais vraiment peur.

CHAPITRE 24

Alexandre Lemieux avait été invité à quelques reprises à se joindre à ce voyage. Il répondait par un discours sublime, un énoncé de bonnes intentions qui ne se traduisait malheureusement pas dans ses comportements.

Ses relations avec Annabelle étaient explosives. Au moindre mouvement qu'il faisait pour s'approcher de sa fille, elle devenait une vraie furie. Cela n'était pas sans rappeler la réaction des cendres chaudes qui s'enflamment lorsqu'une source de chaleur vient trop près.

Le père était interloqué par les réactions excessives de sa fille; quelque chose continuait de lui échapper. Il possédait un terrain qu'il arpentait à sa guise. Puis, du jour au lendemain, on avait changé les noms des rues, délimité autrement le territoire et cela sans le prévenir ni le consulter. Des sentiers familiers qu'il empruntait et parcourait avec grand plaisir; maintenant, s'il s'avisait de s'y aventurer, il se retrouvait en territoire ennemi. Il n'était plus le bienvenu. On le sommait de rappliquer sur ses terres; il y avait de nouvelles barrières qu'il ne devait pas transgresser. Plus il insistait, plus la réaction était violente. On s'était retourné contre lui, lui qui n'avait rien à se reprocher dans toute cette histoire.

Il s'enfermait de plus en plus. Il avait été dépouillé de la jouissance d'un bien. Ses efforts pour en reprendre possession se heurtaient à une fin de non-recevoir comme ces affiches aux limites de certaines propriétés où l'on peut lire: "Défense d'entrer - Propriété privée ".

On l'avait amputé, on lui avait soutiré une partie de ses possessions. Sa colère retenue à la maison et l'incompréhension dont il était victime accentuaient son éloignement et augmentaient sa disponibilité pour des oreilles plus compréhensives et des draps plus accueillants.

De ce côté aussi, les temps étaient durs. Le féminisme avait fait des ravages. Les jeunes filles avaient maintenant leurs propres ambitions. Elles revendiquaient des droits, elles se targuaient d'égalité, contestaient et exigeaient d'être satisfaites.

Les stratégies de conquête avaient dû être modifiées et le discours, adapté au goût du jour. Ce fut la partie facile; il était doué pour le verbe et il avait vite appris à susurrer la nouvelle bible de l'homme contemporain évolué, le "macho" déguisé en être sensible, à l'écoute de sa partenaire, attentif à ses besoins, le tout enrobé d'égalité, de partage du vécu, des factures et de redéfinition des rôles. Mais trop souvent, cet enrobage rose bonbon trop sucré lui soulèvait le cœur. Et c'était le même écoeurement qui lui montait à l'arrière-gorge lorsqu'il voyait un travesti.

Cette image avait traversé son esprit la dernière fois qu'il avait promis à sa plus récente conquête de la faire monter au septième ciel. Mais il avait été incapable de décoller. Insensible, égoïste, elle ne s'était pas précipitée pour suppléer à cette panne et l'aider à se remettre en marche. Il n'avait qu'à s'arranger avec son vieux bazou! Etendue de l'autre côté du lit, les yeux fermés, elle s'était concentrée à finir le travail commencé. Elle y était parvenue vite, s'était levé, s'était habillée et lui avait décoché un sourire moqueur en sortant de la chambre. La garce! Il en avait eu les jambes coupées. Il les haïssait toutes.

CHAPITRE 25

Linda Ratté avait fait faux bond à ses deux derniers rendez-vous. Elle avait annulé le premier par téléphone; aucun signe de vie depuis. Bernadette était perplexe et inquiète. Elle repassait dans sa mémoire le contenu des visites précédentes et ne trouvait rien qui puisse vraiment motiver ces absences. La relation de confiance était encore timide mais, dans les circonstances, c'était déjà beaucoup.

Avait-elle encore démissionné de la vie ? Humiliée, elle s'était résignée à accepter de vivre de l'aide sociale. C'était certes une déchéance mais c'était moins pire que de chercher du travail à l'extérieur. Cela lui permettait de garder ses enfants près d'elle mais, depuis la séparation, ils avaient beaucoup changé; ils étaient toujours agrippés après elle comme des teignes. Ils se comportaient comme deux petits serpents enroulés autour d'elle, qui l'emprisonnaient et qui resserraient leur emprise à chaque mouvement qu'elle amorçait pour s'en dégager.

Lors de leur dernier entretien, Linda avait mentionné que dernièrement elle avait pensé à rendre les enfants à leur père. Mais ce n'était qu'une menace en l'air; elle essayait de se leurrer elle-même, de se faire croire qu'elle avait un choix quelque part et qu'elle pouvait recouvrer sa liberté.

De son côté, le père utilisait parcimonieusement ses droits de visite. La première fin de semaine, il avait amené ses fils chez ses parents. Sa mère avait pris les enfants en charge et toutes les parties avaient profité de cet arrangement. A la deuxième visite, les bambins s'étaient retrouvés chez une étrangère, la nouvelle amie bien gentille de papa. Mais cette fois-là, ils s'étaient surpassés et ils s'étaient transformés en deux petites bêtes sauvages incontrôlables, deux véritables petits monstres. Cela avait été une fin de semaine si inoubliable que le père oublia de les revoir pendant un bon moment!

Linda Ratté arriva finalement dans le cabinet de Bernadette; elle s'excuse de ses absences. Sa belle-soeur l'avait entraînée à un cours de croissance personnelle et elle avait été séduite sur-le-champ par le Maître qui promettait le bonheur aux disciples touchés par sa grâce. Il l'avait même garanti à ceux et à celles qui se livraient à lui corps et âme. C'était plutôt corps et biens à en juger par la somme qui devait être déboursée pour avoir accès à ses faveurs! L'offre était cependant alléchante. Installée sous la coupe du gourou, Linda serait soudainement délestée de ses responsabilités. Elle n'aurait plus à se poser de questions, encore moins à trouver des solutions. Il la prendrait en main ou plutôt il la tiendrait par la main pour la diriger. Elle n'aurait qu'à suivre ses enseignements les yeux fermés. Il s'agissait d'un contrat tacite, beaucoup plus dangereux que le papier d'adhésion qu'elle devait signer. Elle se constituerait prisonnière, volontairement, elle cèderait au Maître son autonomie, sa liberté qui était pour elle un fardeau qu'elle ne pouvait assumer, une richesse qu'elle ne pouvait gérer. Le Maître serait son sauveur.

Un marché où les deux parties y trouvaient leur intérêt. Linda Ratté n'avait pas encore signé son certificat d'esclavage. Elle voulait en discuter avec Bernadette à qui elle faisait confiance, avant de finaliser son engagement. En fait, elle était incapable de prendre une décision seule.

Bernadette s'interrogea en écoutant Linda Ratté; et, elle, à qui pourrait-elle se référer, sur qui pourrait-elle déposer sa charge ? Y aurait-il un jour quelqu'un? Serait-elle prête à laisser s'approcher quelqu'un sans se sauver aussi vite ?

Ses amies la faisaient rire avec le récit de leurs aventures, plutôt de leurs mésaventures, à la recherche de l'homme idéal. Un pléonasme ? Un paradoxe ? Une antithèse ? Trouver un amoureux était devenu un sport national. Les participantes étaient trop nombreuses, les bons partis, trop rares. La compétition était de plus en plus féroce; les techniques étaient laissées à l'imagination et à l'audace des candidates. Certaines y prenaient part en secret et cachaient leur jeu sous une allure d'indépendance ou de réserve désinvolte. D'autres jouaient franc jeu, attaquant sur tous les fronts: sorties, agences spécialisées, messages personnels, boîtes aux lettres, boîtes vocales, soupers branchés, déjeuners "Placoter pour placoter", rien n'était écarté. Elles épluchaient les aspirants, les évaluaient, les soupesaient, les classifiaient, les cotaient, plaçaient les uns en priorité, les autres en réserve. Les plus hardies tâtaient la marchandise. Les véritables consommatrices averties se prévalaient d'une période d'essai et retournaient l'objet si elles n'obtenaient pas satisfaction.

Tous les coups étaient permis, les jeunes s'appropriaient tout le terrain de chasse sans gêne aucune, refoulant leurs aînées hors de la course. Leur âge et surtout leur capacité de procréer émoustillaient particulièrement la testostérone des tempes grises. Elles constituaient un vrai bain de jouvence pour les hommes vieillissants; par procuration, ils retrouvaient leur jeunesse à tout jamais perdue. C'était un problème que n'avaient pas souvent les femmes qui, elles, avaient toujours gardé le contact avec les jeunes à travers leurs enfants. De plus en plus cependant, peut-être pour les mêmes raisons, plusieurs répliquaient du tac au tac et pigaient dans les talles plus jeunes les fruits de leur désir.

Un nombre incroyable d'entre elles, retrouvant soudainement une foi éteinte depuis longtemps, se retournaient vers le Ciel et interrogeaient les divins auspices. Leurs vicaires, les devins, étaient consultés. Et répondant aux demandes pressantes de ces femmes, voyants, médiums, astrologues, cartomanciens, numérologues, graphologues, futurologues de tout acabit de la destinée individuelle scrutaient religieusement leur boule de cristal. Priés avec autant de ferveur, ils y voyaient infailliblement au prochain tournant l'objet tant convoité: l'homme. Le grand prix était à portée de la main. Pour les concurrentes, c'était une véritable injection de stéroïdes qui les tenait dans la course pour un autre sprint. Une gagnante occasionnelle du gros lot faisait croire à toutes les autres qu'avec un peu de chance, elles pourraient être la prochaine et rencontrer quelqu'un qui les aimerait d'une façon prioritaire et exclusive, trouver la douce moitié, la partie manquante qui viendrait colmater les brèches et fermer les béances de leur cœur.

Qui dit amour, dit souvent enfant. Et Bernadette rencontrait quotidiennement des enfants en difficulté dans le cadre de son travail. Elle était particulièrement bien placée pour être témoin de la difficulté d'être parent. Néanmoins, elle examinait de plus en plus la possibilité d'avoir elle-même des enfants ou plutôt, était-elle attirée par cette proposition. En clair, Bernadette avait une grande envie d'être mère. Malgré la surpopulation, la dégradation de la société, la pollution, la violence, le SIDA, les guerres, elle voulait des enfants. Elle savait mieux que quiconque qu'un nombre incalculable d'enfants étaient en difficulté. Peu de parents étaient vraiment méchants mais ceux qui étaient dépassés par la fonction étaient légion. Etre parent est un métier où trop souvent l'improvisation remplace l'information, où l'inexpérience tient lieu de compétence. Il n'y a pas de contingentement ni de prérequis. La carrière est accessible à n'importe qui, crétins ou rois, tous y ont droit. On exige aucun minimum de bon sens, aucune expérience n'est nécessaire avant de se lancer dans l'aventure. Les résultats sont à l'avenant.

Les parents se doutent rarement qu'avec leurs enfants il répètent, sans s'en rendre compte, un vieux scénario familial, le seul qu'ils connaissent, comme un remake, une refonte d'un ancien film qui n'a pas toujours été un succès.

Un genre de plateau de tournage où l'on veut au moins réussir sa création, sinon aspirer au chef-d'œuvre mais où chaque acteur y va de sa composition personnelle, une ligue d'improvisation où chacun des joueurs a une langue, une culture, une éducation, une vision différente de l'œuvre à accomplir. Il n'est donc pas étonnant que les échecs soient aussi nombreux.

Bernadette avait quelques amies qui avaient des enfants et elles en étaient bien heureuses. Un métier difficile cependant, accaparant; la générosité des parents étant souvent mise à l'épreuve. Chaque petit a sa personnalité, ses besoins spécifiques qui varient au gré des circonstances, de son âge et de son niveau de développement. Ce ne sont que quelques éléments parmi une multitude d'autres moins évidents auxquels les parents doivent faire face. L'éducation des enfants est une tapisserie à tisser patiemment avec des fils de couleur et de calibre différents, ayant tendance à aller en toutes directions, mais qu'il faut tenir bien en main. Chacun doit être à sa place si on veut, après plusieurs années d'effort, aboutir à une œuvre valable.

Il y avait tellement d'enfants mal foutus qu'elle se disait parfois qu'il serait peut-être plus sage de décréter un moratoire dans le domaine; il serait alors stipulé d'arrêter de procréer durant quelques années pendant lesquelles les gens s'affaireraient à réparer le stock existant assez mal en point.

Cependant, si Bernadette voulait des enfants, elle devait prendre action, secouer son inertie car elle n'avait plus que quelques années devant elle. Depuis sa naissance qu'on lui remplissait la tête, le corps et le cœur avaient été trop mis de côté. Bernadette devait donc dorénavant pallier à ses insuffisances et s'appliquer elle-même à compléter le travail, à nourrir les parties d'elle-même qui avaient été laissées en friche, à l'abandon. La tête était pleine mais le reste était plutôt triste à voir.

Dernièrement, Bernadette avait assisté à un vernissage. Des tableaux morbides. Y étaient représentés des têtes énormes en déséquilibre sur des corps squelettiques, des membres longs et décharnés, des morts, des vivants, on ne pouvait dire... Sur une des toiles, un de ces troublants personnages était enceinte. Le tout constituait un ensemble hétéroclite qui donnait le frisson. Bernadette avait été bouleversée par cette œuvre très particulière, troublante et elle en avait fait l'acquisition.

CHAPITRE 26

Les heures passées avec Annabelle étaient bien remplies certes mais pas de tout repos. L'adolescente luttait durement pour s'astreindre à manger un minimum, trois fois par jour. Elle le faisait habituellement en solitaire. Même si son poids augmentait très légèrement, elle était terrifiée par la grosseur de ses hanches, de ses cuisses, de son ventre, par l'image déformée que lui renvoyait son miroir. Ses menstruations avaient cessé depuis plusieurs mois; cela la rassurait et l'inquiètait à la fois; si jamais ça ne recommençait pas.

L'heure était une suite de silences qui s'intercalaient entre l'expression de ses angoisses et de ses doutes, parfois de ses fous-rires. Les descriptions de sa famille qu'elle observait d'un oeil de plus en plus critique étaient hilarantes. Annabelle possédait un humour décapant et corrosif qui véhiculait une agressivité intense envers ses parents. La dégringolade de leur piédestal était brutale.

L'heure n'était pas aux nuances. La construction d'une nouvelle image plus conforme à la réalité nécessitait la destruction de l'autre, la fausse, celle de parents idéalisés et parfaits. Le processus était risqué, l'entre-deux faisait peur. Il était difficile de lâcher le radeau qui coulait, la bouée qui étouffait, le nid trop étroit; il n'était certes pas facile non plus de faire face à ses peurs, à ses faiblesses, à ses déficiences et à ses imperfections; c'était assez terrifiant ne plus avoir personne autre que soi à blâmer pour ses erreurs et pour son incompétence. Le dilemme était angoissant.

Le contrôle exercé sur son corps était tellement exaltant. Enfin, Annabelle pouvait contrôler quelque chose, une première dans sa vie. C'était une bataille gagnée âprement, une victoire qui lui procurait une jouissance inouïe, un sentiment d'euphorie irremplaçable.

Oui, le sevrage serait douloureux, la reddition, une défaite humiliante.

CHAPITRE 27

En apparence, la vie d'Eve Lemieux n'avait guère changé. Elle s'astreignait toujours à une suite d'obligations exténuantes, ordonnées avec la précision d'un défilé militaire. Le lundi, c'était la visite de la femme de ménage qu'elle devait surveiller de près, sinon elle se bornait à dépoussiérer en surface. L'extérieur était reluisant mais il n'aurait pas fallu qu'on s'avise d'ouvrir un placard ou un tiroir. Une vraie honte !

Puis, le mardi c'était le tennis; tout l'après-midi y passait, deux heures de match et au moins deux autres pour la mise à jour des potins, des ragots, un échange essentiel d'informations. Ca faisait du bien de savoir qu'il y avait pire que soi. Et la semaine continuait ! Coiffeur, esthéticienne, magasinage, épicerie, rencontre avec les professeurs, remise de bulletins, enfants à véhiculer partout, amis à recevoir, activités culturelles; déjeuners en ville, dîners au restaurant, bref une vie absolument éreintante. Pour se donner bonne conscience, il fallait en plus penser à suggérer certaines activités familiales les fins de semaine. Ces temps-ci, de ce côté, le taux de participation était à son plus bas.

Même si la routine restait superficiellement la même, la mère changeait, se transformait en douceur et en profondeur. Elle observait les mêmes personnes dans son entourage, entendait leurs réflexions habituelles mais elle les comprenait autrement comme si elle traduisait le tout avec un code différent. Ses priorités et ses valeurs se modifiaient. Plusieurs choses qui étaient jusque là essentielles lui apparaissaient maintenant futiles. Elle avait vécu dans un monde de décors hollywoodiens, un monde éblouissant certes, un monde de façades superbes mais qui cachait un vide total. La méprise était facile, la déception, amère.

Dans ce milieu d'intellectuels, donc supérieur, il était de bon ton de se moquer des parvenus, de ces nouveaux riches qui étalaient leurs possessions matérielles, témoignage de leur statut social supérieur. Elle se rendait compte qu'ils en faisaient tout autant, eux aussi; ils étalaient leur famille, leurs enfants bien élevés, leur couple uni, comme des certificats de bonne conduite qui attestaient leur perfection. Ils se révèlaient souvent des parvenus supérieurs, plus grotesques que les vrais. Ils faisaient partie intégrante de l'élite, l'élite des parvenus. Une comédie burlesque qui lui faisait de plus en plus honte.

Ces derniers temps, Eve Lemieux jouait son rôle dans ce veaudeville avec moins de conviction. Le cœur en effet n'y était plus. Il lui arrivait de plus en plus fréquemment de se décommander et de rester tranquille chez elle, à lire, écouter de la musique qu'elle aimait. Souvent, elle se payait le luxe de ne rien faire, sauf réfléchir et regarder à l'intérieur d'elle-même pour savoir qui elle était. Elle se rendait compte avec stupeur qu'à ce niveau, c'était l'ignorance totale ou presque.

Elle se comparait à un beau meuble ancien, enlaidi pour être au goût du jour et plaire au propriétaire. Il devait être débarrassé des artifices dont on l'avait affublé pour retrouver son authenticité. Il était loin d'être sûr que le propriétaire donnerait son assentiment. Elle avait beaucoup à perdre; elle aussi était coincée, tout comme sa fille qui voulait vieillir, mais qui hésitait à quitter la protection sécurisante des parents, qui hésitait encore entre la petite fille et la femme.

Ces deux-là en étaient au même point. Chacune souhaitait que l'autre fut forte, fonce, risque et lui serve de guide et de support. Elle avait honte d'être en quelque sorte à la remorque de cette fille tenace, brave, qui avait eu le courage de brasser cette cage dorée dans laquelle la famille était en train d'étouffer et de mourir. Comme elle aurait aimé pouvoir parler à sa fille, parler vrai. Dans le langage du cœur, malheureusement, elle était encore une analphabète.

CHAPITRE 28

Linda Ratté boudait sur sa chaise, comme une une enfant qu'on refuse d'aider à s'habiller, lui soulignant qu'elle doit le faire toute seule. Elle était fâchée. Bernadette refusait de la diriger, de lui donner des recettes simples à utiliser, des réponses toutes faites aux questions auxquelles elle devait faire face à tout moment.

Ses enfants étaient agités, hyperactifs et entêtés. Pour se faire écouter un peu, elle devait crier, faire des menaces bien qu'elle n'avait aucunement l'intention de les mettre à exécution. Toutes les nuits, les deux la rejoignaient dans son lit. Elle était trop fatiguée pour les retourner dans leur chambre; de plus, elle avait peur de coucher seule et leur présence près d'elle était réconfortante. La litanie de ses frustrations était infinie. Elle se sentait comme une machine distributrice installée à demeure et qui, merveille, fonctionnait gratuitement. On commandait à volonté et elle devait régurgiter à demande. Le hic, c'était que personne ne se préoccupait de la remplir et, quand elle serait vidée, elle risquait d'être brassée, bousculée. Elle devait donner sans relâche.

Elle était jeune, confinée à plein temps à la maison. Son budget serré excluait les loisirs, les gardiennes, les déplacements, les vêtements, ces petits surplus qui pouvaient adoucir ses misères. Les membres de sa famille la dépannaient régulièrement mais c'était insuffisant.

Les enfants, eux, avaient des droits, des recours contre les mauvais traitements. Où était le département des plaintes pour les adultes maltraités par la vie ? Elle voulait quelqu'un qui prenne sa défense, la délivre de ce fardeau accablant. Elle était d'une pitoyable passivité.

C'était trop bête, elle avait trouvé à se marier, elle avait fait sa vie. Mais sa vie avait été défaite. On lui demandait de réagir; autant demander à un opéré du cœur à cœur ouvert du jour de reprendre son train-train habituel en précisant que ce sera douloureux mais que c'est pour son bien.

Son heure tirait à sa fin. Sur le pas de la porte, Linda ajouta en guise d'au revoir, que tout compte fait, il était plus facile de mourir que de vivre.

CHAPITRE 29

La "vieille dame au fils indigne" rajeunissait de mois en mois. Elle était de plus en plus vive et alerte. Elle était encore ennuyée mais plus rarement par des ratés de sa mémoire qui se résumaient à de brèves pertes de courant. Elle expliquait qu'elle avait deux circuits électriques dans sa tête; le plus récent était moins fiable. Les plombs sautaient encore trop souvent. L'ancien circuit était en meilleure condition que jamais. Selon sa théorie, c'était à l'image des jeunes générations, moins coriaces, moins résistantes aux intempéries de la vie que dans son temps. Les rigueurs de l'existence d'autrefois produisaient des êtres aguerris, qui se tenaient debout devant l'adversité.

Elle s'était mariée jeune et, neuf mois plus tard, jour pour jour, elle avait accouché d'un garçon. Une éducation sexuelle en accéléré, un professeur maladroit et mal formé, une élève ignare, l'échec avait été inévitable. L'activité avait été jugée fort désagréable dès le premier exercice. Astucieuse, elle avait alors recyclé une technique éprouvée maintes fois à l'école. On la croyait toute là alors qu'elle était loin, dans un monde qu'elle créait à sa guise.

Pendant que son mari s'ébrouait, elle fermait les yeux, se recroquevillait intérieurement dans une coquille enveloppante, chaude, une bulle qui flottait au rythme de vagues légères. La scène s'embellissait: elle serrait son bébé contre son cœur, une étreinte amoureuse, dans un berceau doucement ballotté. Elle adorait cette histoire modifiée au fil des années par des événements marquants, des fausses-couches ultérieures, le décès de sa mère, sa seule amie. Son mari était un excellent pourvoyeur, pas mauvais pour deux sous. Mais elle ne l'avait jamais aimé, tout simplement.

Dieu avait été à la hauteur de sa réputation. Elle en lui serait à jamais reconnaissante d'avoir exaucé ses prières les plus secrètes et d'avoir rapatrié le mari dans l'au-delà. Un être exceptionnel, prévoyant, qui en plus d'avoir eu la courtoisie de partir tôt, avait poussé la délicatesse jusqu'à cotiser à de fortes polices d'assurances sur sa vie. Elle bénissait doublement la Providence qui veillait sur elle et par la suite, elle avait vécu dans la félicité avec son fils, un fils très reconnaissant !

Elle s'arrêta, sa mémoire s'était encore enrayée, elle ne trouva plus ses mots, un peu de fatigue probablement. Elle demanda à Bernadette pourquoi elle ne s'était jamais mariée.

CHAPITRE 30

Annabelle avait la mine basse, le regard fuyant; elle semblait avoir perdu l'usage de la parole. Bernadette attendait. Tout allait si bien pourtant. Elle avait été bernée par l'adolescente qui lui révèlait, morceau par morceau, que ça n'allait pas du tout. Elle s'empiffrait en cachette; en effet, elle était obsédée, ne pensait qu'à manger, partout, tout le temps, même à l'école où jusqu'à maintenant, elle avait fonctionné encore relativement bien. Elle résistait à son obsession le plus longtemps possible. Elle finissait par céder, trop angoissée et convaincue qu'elle allait mourir si elle ne mangeait pas; le moyen était infaillible pour apaiser cette angoisse. Elle absorbait une quantité incroyable d'aliments dans un temps record, un "bouffe-o-thon" secret. Les sucreries, les desserts, le chocolat avaient la cote. Mais elle se rabattait sur n'importe quoi d'autre si besoin était.

Ses excès terminés, elle avait mal au cœur, de tout ce qu'elle avait ingurgité, mais surtout d'elle. Son manque de contrôle, de volonté, sa lâcheté lui donnaient envie de vomir; elle s'y adonnait en cachette dans les toilettes pour se vider, se nettoyer l'intérieur. Elle voulait vomir, se délivrer de la mauvaise image qu'elle avait d'elle-même. Elle était vraiment dégueu... Avec toute cette bouffe, elle allait grossir, devenir énorme et tout le monde verrait alors qu'elle était lâche, sans volonté, incapable de se priver, esclave de ses passions et de ses désirs, une fille de plaisir, une fille facile.

La boulimie fut confirmée par la mère.

Depuis un certain temps, Eve respectait mieux les marques d'autonomie de sa fille. Elle cherchait moins à lui imposer ses diktats. Elle ne se mêlait presque plus de son alimentation. Accepter de ne plus avoir la main haute sur son propre territoire lui avait demandé beaucoup de courage. De nouvelles limites se définissaient entre les deux, les confrontations étaient rares et les discussions souvent amicales et fructueuses. La mère appréciait ce relatif retour au calme après la tempête dévastatrice qui avait secoué leur vie au cours de la dernière année.

Une nuit, Eve entendit du bruit dans la cuisine. Elle s'y rendit sur la pointe des pieds et fut tout à fait renversée par ce qu'elle y vit. Annabelle dévorait une boîte entière de biscuits à la crème et au chocolat à la vitesse de l'éclair. Elle avala tout. On aurait dit une vraie goinfre, un moribond déshydraté qui a trouvé une source d'eau potable, une affamée qui se gave pour ne pas crever d'inanition. Une pulsion irrésistible, vitale.

Annabelle, absorbée par la satisfaction de son urgent besoin, n'avait pas vu sa mère qui regagna son lit en silence, son lit, son refuge où elle pouvait s'isoler en toute quiétude. Cette nuit-là, elle ne put se rendormir. Elle fut obsédée par l'image de sa fille gloutonne se livrant à cette débauche indécente. Pour la première fois depuis des années, elle eut la nostalgie d'une présence masculine chaleureuse à ses côtés.

CHAPITRE 31

Le père était atterré. Ses relations avec Annabelle étaient toujours aussi tumultueuses. Il rencontrait Bernadette à l'occasion; son épouse l'informait des progrès, aussi minimes soient-ils. Malgré sa bonne volonté et son désir sincère de renouer des liens avec Annabelle, il accumulait les gaffes. Il avait été entraîné dans un monde mystérieux dont il ne connaissait pas les règles. Les qualités qui l'avaient si bien servi jusqu'à maintenant étaient inutiles. D'autres compétences lui étaient requises et il ne les possédait pas. Il ne pouvait même pas les acquérir car il ignorait qu'il avait des manques.

Il s'acharnait à traduire une langue vivante alors qu'il ne connaissait qu'une langue morte.

On lui avait offert de diriger pendant quelques semaines une mission à l'étranger. Ça tombait bien, il accepta sur-le-champ car il avait besoin de marques de confiance et de changer d'air.

C'est après son retour de voyage que sa femme lui avait mentionné qu'Annabelle allait moins bien, qu'elle était devenue boulimique. Il répondit qu'il devrait travailler souvent tard. Des dossiers accumulés pendant son absence requièraient son attention immédiate.

Au bureau, il s'enfermait seul pendant des heures. Ses assistants et le personnel auxiliaire étaient au garde-à-vous. On le savait condescendant, soucieux de ne pas afficher de façon trop ostentatoire ses sentiments de supériorité. Maintenant, il était irritable, autoritaire, carrément désagréable; on évitait de le contredire si on devait absolument être en sa présence.

Dans son for intérieur, il pourfendait le féminisme responsable de tous ses malheurs. Il n'avait plus beaucoup la main avec les femmes; il avait dû abaisser ses standards. Il avait perdu sa superbe et il avait toujours peur de perdre ses moyens. Il était moins sûr de lui mais, dès que sa fille aurait réglé ses problèmes, il reprendrait pied et tout serait comme avant.

CHAPITRE 32

Bernadette avait bien enregistré la question indiscrète de la vieille dame au fils indigne lors de leur dernier entretien. Elle s'était attachée à elle. La fin approchait, la dame était passablement rétablie et bientôt plus rien ne justifierait sa venue. La question posée était l'écho de celle que Bernadette se posait de son côté. Etrange coïncidence !

Bernadette avait fait un bout de chemin. Elle était maintenant certaine de vouloir des enfants mais elle voulait avoir recours à la méthode traditionnelle. Elle reconnaissait être une fille prudente, non avant-gardiste. Elle demeurait réticente devant toute cette technologie impressionnante certes, révolutionnaire même, mais il y avait dans ces progrès, ou ce qu'on appelle comme tel, une dimension qui l'effrayait. Aller contre nature, était contre sa nature.

Elle avait compris, à travers toutes ses années de pratique avec des familles, qu'un enfant avait besoin d'une mère, à n'en point douter. Mais, il a aussi besoin d'un père et de quelque chose de plus. Pas seulement de deux parents mais d'un couple uni. Il devait sentir qu'il était le projet, le fruit du désir de ce couple, pas seulement de deux parents qui vivaient en parallèle, tout bien intentionnés qu'ils pouvaient être. Les failles à ce niveau lui semblaient souvent responsables des vicissitudes du développement des enfants.

Former un couple, une union dans le sens littéral du terme, était une entreprise sérieuse. En comparaison, trouver un géniteur était un jeu d'enfant. S'unir à un homme et que de cette union jaillisse un désir, un projet commun, un enfant, tenait de la haute voltige. Lorsqu'elle en rêvait, Bernadette était affolée par la gravité du propos et emballée par le défi qu'elle voulait maintenant relever. Elle débordait d'énergie et se sentait plus heureuse qu'elle ne l'avait été depuis longtemps.

CHAPITRE 33

Annabelle grossissait à vue d'oeil. C'était surtout le soir au moment du coucher qu'elle succombait à ses tentations, satisfaisait ses désirs effrénés de fringales incontrôlables, qu'elle se livrait à sa passion vorace. Elle se saoulait de nourriture, se remplissait jusqu'à ce que ça déborde; pleine, elle n'était plus seule et retrouvait la paix. L'illusion était brève, fugace, suivie par le désespoir qui l'étreignait, la rongeait jusqu'à la prochaine "beuverie alimentaire."

Désespérée, dégoûtée d'elle-même, elle se vilipendait et s'enfonçait dans ses excès. La couche de graisse protectrice s'épaississait sur son corps, le réchauffait, le camouflait, le protègeait des regards concupiscents du désir.

Elle n'avait jamais eu d'amoureux. Les garçons étaient le sujet de conversation de prédilection des filles de son âge. Les unes parlaient avec force détails de l'amoureux qu'elles avaient, d'autres de celui qu'elles convoitaient; et d'autres encore de celui dont elles rêvaient. Entre copines, on consolait celle qui avait perdu le sien. C'était "la" préoccupation. Elles n'en mouraient pas nécessairement mais toutes, elles étaient atteintes.

Les laissées pour compte feignaient l'indifférence ou le désintérêt; plusieurs affichaient un mépris pour les plus délurées qui s'adonnaient aux travaux pratiques. La popularité, enviée, était suspecte.

Annabelle n'avait pas de garçon qui tournait autour d'elle et elle vivait très discrètement cette fatalité. Elle avait avoué à Bernadette qu'elle se mourait d'envie d'avoir un amoureux mais personne ne voudrait d'elle. En arrêtant de manger, elle était devenue mince, très mince; donc, belle et attirante: danger à babord, annulé par l'excès de privation qui en avait fait une petite fille.

En recommençant à manger, elle se retrouvait avec un corps de femme: danger à tribord, annulé encore une fois par l'excès, elle devenait grosse, non désirable.

Elle était piégée. La nourriture la ramenait à son corps, à ses désirs honteux, inavouables. La parole était libératrice mais accepter d'en parler donnait une existence à ces pensées gênantes qu'on aurait voulu garder cachées.

Son père avait été son idole. Elle avait toujours su qu'elle était sa préférée et elle s'était conformée avec plaisir à ses attentes élevées. Elle s'était rapprochée de lui à travers ses réussites. Elle raconta

144

à Bernadette un souvenir qu'elle s'était remémorée dernièrement.

Elle venait d'entrer en classe maternelle. Sa mère était enceinte de son frère et, souvent fatiguée, se couchait tôt. Annabelle avait développé une peur du noir et refusait de rester seule dans sa chambre le soir, elle qui avait toujours été une grande fille très raisonnable.

Le père avait essayé de faire comprendre à sa petite fille adorée que maman devait se reposer, qu'elle devait arrêter de faire des caprices, sans succès. Elle ne s'endormait sereinement que lorsqu'il restait avec elle dans sa chambre. Il lui lisait une histoire ou deux et, souvent, il s'allongeait à côté d'elle et s'endormait aussi.

Aussitôt revenue de l'hôpital avec le nouveau bébé, la mère remit de l'ordre dans la maison. Annabelle ne pourrait jamais le lui pardonner.

CHAPITRE 34

Madame Ratté arriva au bureau de Bernadette l'air aussi pimpant qu'un rescapé de naufrage. Sans bouée pour s'accrocher, elle calait. Elle n'en pouvait toujours plus. Elle déversait ses multiples plaintes comme on dépose son linge sale chez le nettoyeur.

Elle était la dernière d'une grosse famille. Son père, ouvrier de la construction le jour, travaillait en supplémentaire le soir pour subvenir aux besoins de la maisonnée. La mère était une femme douce avec un cœur grand comme le monde entier.

Les aînés, l'un après l'autre, avait quitté l'école tôt pour aider financièrement et s'occuper des plus jeunes. Dans son cas, cela avait été différent. Sa mère, libérée des grossesses répétées, avait redoublé de soins et d'attentions, et avait dorloté à satiété cette petite dernière, son bébé. Le père revenait chaque jour du travail avec des friandises pour elle. Lorsqu'il était à la maison, il la berçait pendant des heures, lui fredonnant des berceuses.

Petite, elle avait tendance à se pâmer et on avait appris à éviter de la faire pleurer. Dès septembre, en première année, elle avait dû être hospitalisée pour une crise d'asthme. Elle avait été gâtée, visiteurs, cadeaux, sa mère à elle toute seule toute la journée. L'hôpital, la nuit, cependant, était un endroit beaucoup moins confortable qu'à la maison et ce fait avait accéléré sa guérison.

On la déclara de constitution délicate et ceci excusa son rendement scolaire insuffisant. On lui avait délivré un passeport pour la facilité. Elle était dispensée à tout jamais de l'effort.

Mariée rapidement à un garçon du voisinage un peu plus âgé, un ami d'enfance de ses frères, la transition de la protection parentale à celle de son mari se fit sans heurt. Comme une plante privée brusquement des tuteurs qui l'ont toujours supportée, elle s'était écrasée au moment où elle avait été abandonnée par son conjoint.

Elle annonçait aujourd'hui qu'elle retournait au port. Elle avait déménagé dans un petit appartement à deux pas de chez ses parents. Sa mère allait garder les enfants qui étaient de plus en plus incontrôlables, qui la rendaient à bout. Une copine était enrôlée dans un programme de formation avantageux. Elle était tentée, presque emballée à l'idée de joindre ce groupe. Bernadette reprit espoir et voulut, pour un instant, croire au miracle.

CHAPITRE 35

Un miracle, elle en espèrait un aussi pour elle, rencontrer l'âme soeur. Quelle drôle d'expression ! Bernadette avait souvent déploré d'être enfant unique; la présence de frères et de soeurs aurait pu compenser les lacunes parentales. Les confidences entendues au cours des années lui avaient fait voir l'autre côté de la médaille, des relations fraternelles souvent empoisonnées par la jalousie, l'envie, la haine, la rancoeur; des conflits ouverts ou évoluant à bas bruit, de véritables histoires d'horreur étaient chose courante. Peu de familles semblaient y échapper et rares étaient les familles où ces chicanes parfois meurtrières étaient étalées au grand jour ou même avouées.

Les secrets de famille étaient gardés plus jalousement que les secrets d'état. Des parents cruels, négligents ou carrément méchants, ou tout simplement des parents aveugles; une fratrie qui se détestait extrêmement, des injustices flagrantes, des gestes inacceptables, une conspiration du silence pour protéger l'image des parents et ce, à tout prix.

Dès l'enfance, les ingrédients étaient mis en place pour prévenir les fuites. Chaque membre de la famille était un élément d'un mobile qui devait rester dans la position qui lui était assignée, un rôle défini tôt et qui devait être maintenu même si on devait y laisser sa peau. Chaque mouvement provoquait un remous qui dérangeait le tout et, celui qui ferait des vagues parce qu'il étouffait dans cette position malsaine et néfaste, subirait la désapprobation et l'approbe des autres qui refusaient de changer. Une pression culpabilisante, morbide et qui pouvait même devenir mortelle. Si c'était ça, l'âme soeur !

CHAPITRE 36

C'était aujourd'hui la dernière visite de la "vieille dame au fils indigne". Bernadette était triste, elle était si attachante. Sa mémoire s'était améliorée, elle l'avait fait travailler plus qu'à l'accoutumée dernièrement. Une éprouvante récapitulation des dernières années.

La version originale avait été épurée; il était temps qu'elle arrête de se conter des histoires et qu'elle admette que son fils ne correspondait pas au portrait fort retouché qu'elle en avait fait. Elle avait dû l'embellir parce qu'il était son reflet, le miroir de sa valeur à elle. De regarder la réalité avec toutes ses imperfections, ses déficiences, était un exerce pénible mais elle ne pouvait plus s'y soustraire. Elle poursuivait sa confession, gardant le meilleur pour la fin.

Elle avait convoqué son fils, l'avait confronté avec son petit commerce malhonnête. Mine de rien, elle lui apprenait que, lors du dernier voyage, elle avait gardé un des petits cadeaux inoffensifs qu'elle rapportait pour lui, juste au cas où... Elle en avait vérifié le contenu dernièrement. La petite poudre blanche n'était ni de la poussière d'hostie ni de la poudre pour bébé. Il s'était servi d'elle de façon éhontée.

Le fils avait d'abord tenté de nier. Il l'avait traitée de vieille folle et menacée de la faire interner et pour de bon cette fois. Elle avait répliqué en lui donnant une heure pour choisir: ou il s'engageait par écrit à la prendre en charge, à la garder chez lui, à la traiter comme une reine, et cela jusqu'à sa mort, ou, elle le dénonçait à la police. Le fils avait blanchi de rage, les dents et les poings serrés, il avait compris que les choses avaient changé et qu'elle ne céderait pas. Il avait accepté de signer.

La vieille dame pouffa de rire en voyant les yeux écarquillés de Bernadette qui n'en revenait tout simplement pas. Elle continua:

«Je crois qu'il me pensait vraiment folle, aller vivre avec lui, jamais de la vie. J'ai pris par contre d'autres décisions. Son père m'a laissé suffisamment d'argent au moment de son décès pour bien vivre et davantage, de telle sorte que mon fils pouvait espérer un héritage substantiel à ma mort. J'ai fait, ce matin, des réservations pour un voyage autour du monde, le premier retrait de ce magot que j'ai maintenant la ferme intention de dépenser jusqu'au dernier sou pour m'offrir tout ce dont j'ai envie.»

Et elle termina en disant à Bernadette toujours aussi éberluée:

«Et soyez sûre docteure, que je n'oublierai pas de revenir vous raconter toutes mes futures aventures.»

CHAPITRE 37

Linda Ratté exultait. Elle était souriante, heureuse, exubérante même et elle aussi apportait d'excellentes nouvelles. Elle avait déjà oublié qu'elle avait reconsidéré un retour aux études. Son déménagement avait été un bienfait pour elle car sa mère gardait les enfants presqu'à temps plein et ses frères et son père règlaient tous ses problèmes matériels. Ses frères l'amenaient avec eux dans leurs sorties et elle avait d'ailleurs rencontré un garçon quelques semaines auparavant. Il était célibataire et était un peu plus âgé qu'elle. Il avait un emploi stable et elle avait passé avec lui une soirée merveilleuse. Ils s'étaient revus depuis presqu'à chaque jour. Il avait d'ailleurs couché à la maison la fin de semaine dernière et les enfants l'avaient tout de suite adopté. Lui, il aimait les enfants, jouait avec eux, leur parlait.

Il ne s'était jamais aussi bien senti avec une femme. Il la trouvait extraordinaire et les enfants avaient tellement besoin d'un père. Il pouvait s'installer avec eux aujourd'hui même si elle était d'accord.

Linda avait du mal à rester assise sur sa chaise. Elle rayonnait, elle était sauvée. Elle était venue parce qu'elle tenait à remercier Bernadette pour ses efforts mais elle n'en avait plus vraiment besoin.

Elle n'avait plus aucun problème et elle n'avait aucun doute que c'était réglé à vie. Bernadette essaya de la mettre en garde contre un éventuel écrasement mais ce fut peine perdue. Madame Ratté flottait sur son nuage, resta sourde à tout ce qui pouvait lui ouvrir les yeux et partit refaire sa vie.

CHAPITRE 38

Eve revint après plusieurs semaines d'absence.
Elle arrivait d'un séjour dans un centre de santé; elle
avait beaucoup aimé l'expérience, le milieu était
calme, propice à la méditation; seule, elle avait
réfléchi tout à loisir. Ses matinées étaient occupées
par les soins du corps, massages, bains d'algues,
exercices en piscine, un véritable jardin de délices.
Les après-midi étaient libres. Elle avait fait, à chaque
jour, de longues marches dans la nature. Une période
de contemplation, d'heureuse détente, moment idéal
pour faire des bilans, bilan de sa vie personnelle, de
sa vie conjugale, de sa vie de mère de famille.

Un état de compte pas aussi reluisant qu'on
l'aurait souhaité, mais nettement amélioré par
rapport à l'an dernier. Toujours à la mode, elle
parlait de redressement, de restructuration
d'entreprise, congédiement. Faire mieux avec
moins.

Elle informerait son mari en fin de semaine
qu'elle le quittait. Elle prenait ses pertes pour sauver
sa mise. Elle ne voulait pas être entraînée dans la
faillite.

Elle avait préparé ses arguments; tout d'abord, il ne la croirait pas, ensuite, il affirmerait qu'elle sera incapable de s'en sortir seule, qu'elle ne savait rien faire. Ensuite, elle aurait droit au scénario du grand séducteur puis, il serait bien obligé de la raisonner.

Le tout sera couronné par une colère retentissante. Elle n'avait pas encore d'opinion à savoir s'il se rendrait ou non au chantage au suicide.

Sa décision était irrévocable. Elle ne pouvait revenir en arrière et elle souhaitait que ses enfants la suivent dans cet énorme pas en avant.

Annabelle avait été mise au courant des projets de sa mère et elle aborda le sujet dès le début de l'entretien suivant avec Bernadette. Ses sentiments étaient partagés. Avec sa mère, ses relations étaient maintenant paisibles, presque harmonieuses. C'était vis-à-vis son père que ça se gâtait. Elle était complètement empêtrée avec lui intérieurement. Elle l'aimait et le détestait tellement; elle lui en voulait de s'être éloigné mais elle le mettait en échec à chaque fois qu'il faisait un mouvement vers elle. Le terrain entre les deux était encore miné; il restait des bombes à désamorcer avant qu'on puisse faire la paix.

Ses problèmes de boulimie se résorbaient lentement. Etre pleine apportait une telle satisfaction; c'était une sensation dont il était difficile de se priver. Etre pleine, être enceinte, être une et deux à la fois, ne plus jamais être seule. Elle devait renoncer à ce désir, choix héroïque d'une enfant qui doit abandonner son héros.

Elle allait vivre avec sa mère jusqu'à l'an prochain et elle planifiait ensuite d'emménager en appartement avec une amie dont le frère l'avait invitée à l'accompagner à son bal de fin d'année.

CHAPITRE 39

Bernadette avait fait son bilan. C'était pareil pour elle, des gains, des pertes, mais une amélioration globale par rapport à l'an dernier. Il y avait changement de cap et elle allait investir différemment.

Son départ en vacances était fixé dans quelques jours. Elle s'était inscrite à un congrès médical dans les Antilles françaises, un congrès où les activités scientifiques cédaient le pas aux activités sociales et de détente.

Elle avait appris tout à fait par hasard que son collègue de la faculté, celui-là même qui lui avait proposé le mariage dans ce qui semblait être une vie antérieure, y serait l'un des conférenciers et qu'il était désormais libre de toute attache.

Son inscription fut postée dans l'heure qui suivit car il était grand temps que Bernadette élargisse ses connaissances et complète sa formation.